■ 全民微阅读系列

寂寞在歌唱

JIMO ZAI GECHANG

夏阳 著

江西高校出版社
JIANGXI UNIVERSITIES AND COLLEGES PRESS

图书在版编目（CIP）数据

寂寞在歌唱 / 夏阳著. — 南昌：江西高校出版社，2017.6

（全民微阅读系列）

ISBN 978-7-5493-5532-7

Ⅰ.①寂⋯　Ⅱ.①夏⋯　Ⅲ.①小小说—小说集—中国—当代　Ⅳ.①I247.82

中国版本图书馆 CIP 数据核字（2017）第 123372 号

出版发行	江西高校出版社
社　　址	江西省南昌市洪都北大道 96 号
总编室电话	（0791）88504319
销售电话	（0791）88592590
网　　址	www.juacp.com
印　　刷	北京一鑫印务有限责任公司
经　　销	全国新华书店
开　　本	700mm×1000mm　1/16
印　　张	13.75
字　　数	152 千字
版　　次	2017 年 6 月第 1 版
	2020 年 7 月第 2 次印刷
书　　号	ISBN 978-7-5493-5532-7
定　　价	36.00 元

赣版权登字 -07-2017-577

版权所有　侵权必究

图书若有印装问题，请随时向本社印制部（0791-88513257）退换

用音乐点燃小小说,用小小说诠释音乐。

——夏阳

日益崛起的岭南小小说
——《岭南小小说文丛》总序

杨晓敏

近年来,岭南小小说在申平、刘海涛、雪弟、夏阳、许锋等人的大力倡导下,涌现出一批又一批的小小说热爱者,他们中间有成熟作家、评论家,也有后起新秀,他们的写作或深刻老道或清浅稚嫩,却无一不表现出一种蓬勃向上的喜人态势。今天的岭南小小说也可说春光旖旎,风光无限,老枝新叶,次第绽放新颜。《岭南小小说文丛》这套丛书,可谓近年来岭南小小说创作的一次集体大检阅,名家新锐,聚于一堂。入选的众多作家,来自不同的行业领域,对生活与艺术有着各自的观察切入点和表现力,其作品自然各具特色、各臻其妙。

广东已成为全国小小说创作强省之一:2010年在惠州创建"中国小小说创作基地";2013年打造"钟宣杯"全国优秀小小说"双刊奖";2012年著名作家申平先生被聘为《小说选刊》小小说栏目特约责任编辑,同年,惠州学院文学与传媒学院成立了小小说创作研究中心;2016年成立了广东省小小说学会,还有广州、佛山、东莞等地活跃的小小说学会等。一些有能力、有责任感的小小说倡导者,逐步健全组织机构,发展壮大队伍,坚持定期举办笔会,推新人、编选集、搞联谊、设奖项。这些举措不断激励着广大写作者的创作热情,绩效卓异,引起了全省乃至全国更大范围的关注,引领出了一支数以百计的小小说作家队伍。这支队伍先后出版小小说作品集和理论著作数百部,涌现出申平、刘海涛、韩英、林荣芝、何百源、夏阳、雪弟、许锋、韦名、朱耀华、吕啸天、李济超、肖建国、海华、石磊、陈凤群、陈树龙、陈树茂、阿社等一大批在全省、全国产生影响的小小说作家、评论家,先后荣获小小说领域最高荣誉"金麻雀奖"以及"蒲松龄微型文学奖""全国小小说优秀作品奖""冰心儿童图书奖"等,并且获得"小小说事业推动奖""小小说星座""明日之星"等荣誉称号。《头羊》《草龙》《记忆力》《捕鱼者说》《马不停蹄的忧伤》《蚂蚁,蚂蚁》《爷父子》《最佳人选》等不少作品被选入各类精华本、语文教材以及译至海外,成为广大读者耳熟能详的精品佳作。

　　能把故事尤其是传奇故事讲得一波三折、九曲回肠、跌宕起伏又不纯粹猎奇,不能不说是写作者赢得读者青睐的一种有效手段,事实上有不少小小说写作者都因此而取得成功。广东的小小说领军人物申平深谙此道。近些年在南方的生活打拼,使他对文学的理解愈加成熟。他说,故事与小说的差异在于,前者是为了故事而故事,后者是故事后面有故事——回味无穷。现实生活中会有不同的故事,而要成为小说,则需要作家在生活中提干货、取精华,在故事这个"庙"里,适当造出一个"神"来。我以为作者所说的这个"神",实际上就是文章的"立意"。这是作家从创作实践中悟出的真知灼见。申平是国内著名小小说作家,作品诙谐幽默,主题深刻,特别在动物小小说创作方面独树一帜,深受读者好评。此次申平推出了自己2012年至2016年期间发表的作品精选,这80篇作品可以清晰地看到作者这几年的思考和跨越,"头羊"一下子变成了"一匹有思想的马"。

当代小小说领域的写作者云集如蚁，此起彼伏，亦如生活中，各色人等各领风骚。关于人生，关于文学，关于小小说，夏阳曾写下了自己的理解。他说："小小说首先是一门艺术。语言的精准，具有画面感的场景，独到的叙述手法，极具匠心的谋篇布局，加上恰到好处的留白，方寸之地，凸显小小说的大智慧。"夏阳在出道极短的时间里，以文质兼具的写作，进入一流作者的方阵，细究起来答案其实简单——不懈的读书思考和丰富的生活阅历，直接关乎写作者的人格养成。耿介而不追名逐利，不媚俗并拒绝投机主义，使夏阳在庞杂的小小说作家队伍中更显得言行坦荡，特立独行。夏阳的《寂寞在唱歌》，精选了47篇作品，用音乐点燃小小说，用小小说诠释音乐，可谓别出心裁，意在创新。该书质量整齐，笔法老道，人物描写细腻，是一部有艺术特色的小小说作品集。

《海殇》是李济超的又一本作品结集，内容大致分为"官场幽默讽刺、社会真善美、两性情感"三类。李济超刻画人物入木三分，把普通而有特殊意味的人和生活巧妙地奉于读者面前，引导读者在阅读中沉思，在沉思中感知生活。他常将官场比作战场，撇开危言耸听之嫌，官场上不仅要有斗智斗勇的应变能力，还要有百毒不侵的强健心智才行。李济超的官场作品，似乎和"领导"较上了劲：《千万别替领导买单》的弄巧成拙，《白送领导一次礼》的功利认知，《不给领导台阶下》的误打误撞，无不说明了领导在其官场作品中难以撼动的堡垒地位。《今天是个好日子》更是将领导的官场伎俩表现得淋漓尽致。有很多作家热衷官场题材的写作，且以揭露、讽刺为侧重点，此类题材能成为写作热门，绝非因官场文章好做，而是耳闻目睹，有话可说。

幽默是一种智慧，既能兼顾严肃的主题，又能令情节妙趣横生。海华的小小说中,常常体现出这种幽默风格,此次他推出的《最佳人选》风格亦然。比如其中的小小说《批判会》,虽然写的是特殊年代的一件司空见惯之事,却寄寓深远,读罢令人浮想联翩。海华善于一语双关,旁逸斜出。其作品语言紧贴人物,诙谐幽默,绵里藏针,极有生活气息。旺叔和七叔公两个人物形象刻画尤为成功。二人巧于周旋,挥洒自如,化解矛盾于无形,大庭广众之下,宛若上演了一出滑稽剧,既捍卫了村民的权利,又对社会生活中的不正常现象进行了淋漓尽致的抨击,是一篇幽默而不失含蓄的批判现实问题的作品。《最佳人选》所选作品,既有机关生活的展示,亦有市井生活的描绘,注重思想性,选材独特,文笔犀利,可读性强。

陈树龙专职从事空调行业二十多年,与民众多有交道,丰富的生活阅历使他的作品贴近生活本色。他善于将问题隐于深处,以轻松调侃的姿态开掘出来,读来生活情趣盎然。《顺风车》中的作品幽默诙谐,其中的《藏》可谓滴水映日,以小见大。阿六担心老婆戴着金首饰旅游不安全,让其藏匿于家,可是藏在家中哪里却成了一个棘手的问题,即便是自己的家,也未必是安全所在,还要提防小偷不请自来,于是揣摩小偷思维的反心理战术开始了。老婆准备将金首饰藏匿于衣柜、床垫、书房、米桶等等的惯常思路被阿六一一否定,畅想有个保险箱也被阿六调侃是"此地无银三百两"的愚蠢做法。老婆气恼先去拦的士,阿六藏匿好首饰,甚至打开了电视和灯光唱起了空城计,谁知却被再度返回的老婆无意中破解了。于此有了结尾处滑稽的一幕,阿六自认为天才小偷也找不到藏匿于垃圾桶垃圾袋中的首饰,却被老婆临走时顺手丢了。阅读至此,让人在哑然失笑之余,不免陷入对生存环境的思索。任何文学作品都要根植于现实生活的土壤中,小小说也不例外。每一篇作品就像一粒种子,埋藏在作者生活阅历及情感的不同节点,点点滴滴的生命感受一旦萌芽,或喜或悲的命运都会长成一棵开花的树。

陈树茂的小小说《1989年的春节》讲述了一个家庭的生活节点,同时也是这个家庭中每一个人的生命节点。这一年无疑是这个家庭最困难的一年,家中修建祖屋欠债难还,以致年三十的团圆饭都没有荤腥,父亲没有出门和牌友小乐,母亲冒雨挨个给借钱的亲朋好友送菜,希望过年期间不要来讨债,大哥考上大学发愁学费,大姐顾念家庭要求辍学,小妹尚小闹着要吃肉,而"我"偷偷切块祭拜祖先的卤肉给了小妹,看着母亲因为淋雨高烧、看着父亲偷偷抹泪却束手无策。这一年的年三十,对于这个家庭中的每一个人,都是苦不堪言的情感记忆,宛若一个心结难以解开,让人读之不禁为其忧伤:这一大家人的明天在哪里?雨停了天晴了,并不代表所有的困难不复存在了,可是作者就这么轻描淡写化解了,每一个人对未来依然心怀希望,一个家庭对未来依然抱有坚定不移的美好憧憬。父亲母亲对于苦难的隐忍倒在其次,乐观的生活态度才是影响孩子精神生活的支点。作品也因为这神奇的一笔,一扫全篇的阴霾压抑气氛,字里行间透着丝丝缕缕的暖阳。该书以家庭传统题材、另类服务系列、徐三系列及工地、社会题材为主,直面剖析社会现象和人性问题。

阿社属于年轻一代的实力派作家。《英雄寂寞》入选作品较全面反映了作者近年来的创作成就和艺术风格。其作品生动传神,寓教于乐,在轻松的阅读中给人以美的享受。时下,系列写作逐渐成为诸多作者选择的一个创作方向,以此架构一个具有自我标识性的文学属地。游迹于庞杂社会,或名或利的诱惑,人自然难以免俗,于是阿社的《包装时代》应运而生了。包装什么?名誉、头衔、身份等等,只要你想到的都可以有,甚至你没想到的也可以有。作品以人物的各种生活需求、社会需求、人生需求为线索,对主人公实施了一系列的改头换面行为,成功地将老师被包装成了大师。显然,包装师擅长攻心术,他深谙人们的欲望和浮夸心理,加上巧舌如簧,不仅利用包装身份满足了人物的虚荣心,还让其人性继续膨胀到不可一世,读来触目惊心。阿社的包装系列可谓琳琅满目,写实不失荒诞,揭示直抵人性。生活无小事,处处皆民生。

官场题材是陈耀宗创作的侧重点,《寻找嘴巴》中形形色色的官场人物活灵活现,语言或犀利或诙谐或调侃,但是归根结底还是在探究官场的生存法则,无外乎描绘官场为人处世的谨小慎微,甚至扭曲的生存心态。人际关系历来都是官场交流中不可避免的焦点,《人前人后》化繁就简,三人为例,集中展示了一个办公室中明争暗斗的有趣一幕。科长、科员甲、科员乙都是笔杆子,时有文章刊发,闲来两两互评,阿谀奉承乃至互相褒奖,而不在场的第三人就无辜中枪了。互损的结果只有两败俱伤,只不过大家已经习惯了这种官场游戏,人前人后,倒是彼此相安无事。"后来,好像什么事情也没有发生过,三支笔杆子似以往那样,两两对答着。一到三人都在一起,就不晓得说什么才好。"作者深谙官场生态体系,娓娓道来不失诙谐成分,讽人前的道貌岸然,嘲人后的阴暗猥琐,宛若上演了一出新时代的官场现形记。

胡玲是惠州市的小小说新秀,她的《心花朵朵》,是其几年来创作的结晶。该书细腻地描绘出人性的种种形状,开掘着人性的丰富内涵,用阳光的心态传达积极健康的能量,以接地气的文字书写社会底层小人物,如农民工、小贩、司机、临时工、保姆等,描写他们的生存之痛,他们的窘状、尴尬、困扰与快乐。胡玲还善于挖掘人性背后的束缚甚至异变，发现人的弱小和缺陷，以不同的文学视角写出"完美人物"的与众不同之处。比如《英雄之死》便是这个大背景下诞生的一篇作品，它意在警惕和呼唤：人，最终要成为"人"，而避免成为某些先入为主的观念的祭品。

在这次出版的《岭南小小说文丛》中，还有一卷要引起我们特别的注意，那就是《桃花流水鳜鱼肥——惠州市小小说10年精选》。这本由著名小小说评论家雪弟主编的作品集，收入了惠州市小小说作家的63篇精品力作，可以看作是"惠州小小说现象"的最好诠释。雪弟先生对广东小小说事业的不懈推动，值得尊敬。

《岭南小小说文丛》的出版，一定会成为2017年全国小小说领域的大事之一，也是一件值得广大小小说读者期待的事情。

是为序。

（作者系河南省作协副主席，中国小小说事业的倡导者、组织者，著名评论家）

目 录

流星　/001

虚构　/004

蚂蚁,蚂蚁　/008

好大一棵树　/012

悲伤逆流成河　/016

像艳遇一样忧伤　/019

上苍保佑吃完了饭的人民　/023

幸福可望不可即　/027

春风沉醉的夜晚　/031

时间都去哪儿了　/035

水缸里的月亮　/038

马不停蹄的忧伤　/042

乡愁　/046

灰姑娘　/049

关于我爱你　/052

寂寞先生　/056

露天电影院　/060

青春　/065

吻别　　/069

偶然　　/072

外面的世界　　/076

过滤　　/081

情人　　/084

那些花儿　　/088

念亲恩　　/093

城里的月光　　/098

新鸳鸯蝴蝶梦　　/101

冷的记忆　　/105

囚鸟　　/109

十年　　/113

世界　　/117

小城故事　　/121

望春风　　/125

被遗忘的时光　　/130

故事里的事　　/134

蛋佬的棉袄　　/137

在那遥远的地方　　/140

传奇　　/146

约定　　/149

花花世界　　/153

春天里　　/157

屋顶上的猫　　/161

极乐世界　　/164

盛夏的果实　　/167

日光机场　　/170

寂寞在唱歌　　/174

原来你也在这里　　/179

曲终人散　　/183

附

夏阳的音乐小小说　文／肖晨　　/186

后记

关于音乐小小说的思考　　/194

流　星

夜空的花，散落在你身后，幸福了我很久。

——郑钧《流星》

　　节目播出时，阿黛恰好在海南岛一个温泉度假村里。丈夫来洽谈商务，无所事事的她跟随来玩。当时，丈夫在隔壁陪几个官员打麻将，阿黛一个人闷在房间里，无聊之际，刚好收看了这档叫《美食之旅》的电视节目。

　　电视里，美食家侃侃而谈："前年，我在海南岛旅游，参观博鳌论坛后，当地一个朋友说去品尝本地菜。那天细雨蒙蒙，我们是开车去的，四个人出了博鳌镇，七拐八拐，进了一家农家菜馆。那是一个洁净的农家小院，非常普通，连招牌都没有。我们吃了两菜一汤一饭——干煸鸭、清炒豆角、芥菜咸鸭蛋汤和炒饭，88块钱。这是我吃过的最难忘的一顿饭，神仙味道，胜过任何山珍海味和美食佳肴。"

　　美女主持人似乎有些失望，插话道："烹饪的方法很特别吗，比如祖传秘制的那种？"

　　"非也。所谓神仙味道，反而是很平常很简单的做法，力求保持食物本身的原汁原味。先说干煸鸭。当地的鸭子都是蚬鸭，学名叫绿头鸭，主要生活在河湖芦苇丛中，以吃鱼虾贝类为主。博鳌是南海之滨一个小镇，三江汇流，鱼虾肥美，水产品丰富。这种环境下长大的鸭子干煸后，香味浓郁，富有嚼劲，口味堪称一绝。

他们的豆角也不赖,菜园子里现摘现炒,翠绿养眼,清甜粉嫩,让人无法招架。而芥菜咸鸭蛋汤的做法就更简单了,不加味精,不加油盐,几乎是用白开水煮的,略苦,清热祛湿,汤汁醇厚,齿颊生香。最稀奇的是炒饭,不是蛋炒饭,而是草炒饭。草叫必拨草,又叫猪母草,在海南岛村前屋后到处都是。碧绿的草叶切碎后炒到饭里,香喷喷的,美味可口,惹得食客大快朵颐。"

台下观众屏声敛息。一股久违的田野清香,在演播大厅的上空弥漫开来。

美食家继续讲道:"当时是冬天,但在海南岛,四处绿油油的,生机盎然,和北方的春天无异。坐在这样空气清新的春天里,可以看到屋后一片青翠的菜园,再远处,是一个偌大的湖。湖面烟波浩渺。当地的朋友介绍说,很多明星大腕慕名来此,比如赵本山、那英、陈道明、王菲。我调侃道,再加上我,都是你带来的吧?朋友笑着摇摇头,非常认真地说,你别小瞧这地方,这儿因为离博鳌论坛近,每年开会时,很多国家的总统首相会偕同家人前来光顾。他们每次都是突如其来,将服务员隔离,换上自己的人,保镖三步一岗五步一哨,从洗菜、烹饪到上桌,整个过程全在他们的眼皮底下完成,不能有丝毫马虎。我听了大吃一惊。我实在是难以想象,那些尊贵的总统首相,会坐在这样一个四处透风的简易棚里用餐。更离谱的是,他们高贵的脚所踩的地面是用碎炉渣铺成的,连水泥地都不是。

"从一进去,我就注意到一个男人,一个中年男人,清瘦,高个,衣着朴素,坐在棚子的一角喝茶,静静地,像老僧入定在一幅水墨山水画里。自始至终,他未正眼瞧我们一下,仿佛身边的一切和他毫无关系。他的目光散淡迷离,久久地落在远处的湖面上,似看非看,夹杂着些许让人难以捕捉的忧伤。我悄声问朋友,那家伙是老板吧?朋友惊诧不已,你怎么知道的?我得意地笑了。

美食，讲究的是色香味形器五感。这么绝佳的色香味形，装在如此相配的器皿之中，我还是头一次神遇……"

台下静寂了好一阵，才如梦初醒般响起了热烈的掌声。

像一部恰到好处的电影一样，这时，伴随着悠扬空灵的钢琴曲，电视屏幕上缓缓打出了工作人员的字幕——节目结束。

阿黛关了电视，站在阳台上，望着远方发怔。远方，一城灯火，在寂寥的夜空下，妖娆，性感。

隔壁，麻将声稀里哗啦，流水般欢畅。

半个小时后，阿黛合上电脑，捏着一张纸条敲开隔壁的房门，对丈夫说："我想出去一下。"丈夫嘴里叼着烟，正在烟雾腾腾中搓麻将。他抓起一张麻将牌，举在半空中，用大拇指摩挲了两下，顿时喜笑颜开，对旁边一个官员说："刘行长，我老婆想进城做SPA，借你司机用一下。"转而，又叮嘱她，"今晚我得耍个通宵——三万，哈，和了——早去早回，注意安全。"

在以后漫长的日子里，阿黛常常怀想自己那次午夜的疯狂：在陌生的海南乡下，在黑灯瞎火的午夜，来回近百公里的长途奔袭。怀想多了，不由产生众多怀疑，怀疑事件本身的真实性。那晚，一切像一个梦境，迷迷糊糊，不着边际。但是，阿黛清晰地记得，当她在路边站了半天后，回到车里有气无力地对司机说："回吧。"司机一脸困惑。她有些尴尬，支吾道："我只是想看看而已。"

阿黛看到了什么？

垂落平原的夜空，满天繁星金币般闪烁，成了一条涌动的河流。草坡下的那个农家菜馆，隐没于黑夜光滑的脊背上，若隐若现。那一刻，有流星划过天边，缓缓地，璀璨夺目，如夜空的花，绽放成无数条抛物线，坠落在她手中。

那一夜，流星，让阿黛幸福了很久。

虚 构

我虚构了一场爱情,虚构了完美的你。

——林晓培《虚构》

矮哥是我朋友,人矮、难看不说,且胖,状如冬瓜。矮哥的老婆阿月,高挑俊俏,却瘦,形似竹竿。更让人诧异的是,阿月小矮哥15岁。他们之间有一个经典的段子:阿月临产时,护士催着家属签字。矮哥屁颠屁颠地跑了过去。护士呵斥,爷爷不能签字,叫爸爸来。矮哥面红耳赤,难堪地解释道,我就是爸爸。这段子,很长时间,在朋友圈子里被传为笑谈。真不能责怪人家护士有眼无珠,矮哥和阿月挽手走在大街上,确实不太般配,更别说让人相信他们是结发夫妻了。

我作为一个写小说的,对他们的故事很感兴趣,想探究一下当年的那些风花雪月。

我问矮哥。

矮哥说,主要是缘分,缘分来了,门板都挡不住。那年,我37岁,一个人吊儿郎当地,在纸厂上班。一次傍晚下班后,我在厂门口的小卖部打电话。中途,她也来了,也要打电话。她可能有急事,在我身后催了好几次。我当时心情不太好,见她那么着急,就故意为难她,长时间霸着电话机,到处找人瞎聊。她最后急了,一把夺过电话筒,嘴里骂上了。我是谁?我怕过谁?她这么张狂,我还不收拾她?我们两个人开始吵架,她骂不过我,就动手了。你别说,你嫂子当年不仅人漂亮,而且力气也不小,十几个回合,我才把她按翻在地,结结实实地修理了一顿。这事儿最后闹到了厂保卫科,我被责令写检查、罚款。我事后想想,觉得自己一个大老爷们挺不应该的,于是找她赔罪。找多了,就慢慢热乎上了。

我羡慕地说,这叫不打不相识。矮哥嘿嘿地笑,补充道,对,不是冤家不聚头。

过后不久,我去矮哥家里,他不在,阿月在。我刚好无事,便坐在他家里和阿月闲聊。我旧文人式地感慨,没想到每个人背后都有一个江湖,没想到你们也有激情燃烧的岁月。

阿月哈哈大笑,说,你呀,就喜欢听他胡说八道。谁和谁打架,扯起来像武侠小说里的神雕侠侣一样,还十几个回合呢,笑死人了。我在这儿无亲无故,老家山沟沟里穷得一塌糊涂,我找谁打电话?

我惊讶不已,那你们是怎么认识的?

阿月皱了皱眉,说,其实,我们是别人介绍的。你矮哥是本地户口,厂里的正式职工,又是工会副主席,我那时是外省来的一个山里妹,在厂里打杂。厂长见他一直单身,可怜呢,就好心撮合我们。我起初不太乐意,嫌他年纪大,人又矮,但又不好得罪厂长,一直含含糊糊没有表态。后来厂里刚好有一个转正的指标,厂长找到我,说只要我答应嫁给矮哥,就把指标给我。我思前想后,觉得他丑是丑了点,但人不坏,骨子里挺老实的,于是就答应下来了。

原来是这么回事。我泄气了。风花雪月啊,对于居家过日子,永远是一种传说。

一年后,矮哥的大舅子,也就是阿月的哥哥从老家出来找工作,找到我,恳求帮忙。事情办妥后,阿月的哥哥出于感激,扛来一大堆山货,顺便在我办公室坐了一会儿。期间,聊起阿月,她哥哥激动地说,胡扯,什么转正,想做城里人想疯了。她的户口,还有她小孩的户口,现在还挂在我那里,村里每年给她们分山地呢。

我惊问,那他们是怎么认识的?

阿月的哥哥叹了口气,停顿了许久,眼里含着泪说,现在想来,其实挺对不住我妹子的。她当时在外面打工,我父亲车祸,急需五万块钱动手术。你知道的,五万块钱对于我们这样的家庭来说是怎样一笔数字。迫于无奈,我妹子做出了一个惊人的决定,谁给五万块钱救我父亲,就嫁给谁。那时,我妹子才22岁,黄花闺女呢,呜呜……说着说着,阿月的哥哥动情地哭了。

我双手在脸上痛苦地搓了搓,说,你的意思是最后矮哥出了五万块钱,把你父亲救了?

阿月的哥哥擦了擦眼泪,点了点头。

我问,阿月就心甘情愿?

阿月的哥哥说,开始是不太乐意,但是钱已经花了,人已经救了,说过的话不能不算数。她别扭了一阵子,还是嫁了。

我心里充满无限酸楚。我难以置信的是,那天阿月笑哈哈的背后,竟然藏着天大的委屈。这种委屈,让我难以释怀。当有一天,我把这个故事的前前后后讲给一个朋友听时,他的一番话,让我瞠目结舌。

朋友说,矮哥和阿月,只有我知道是怎么回事。什么五万块钱,我告诉你,阿月从小就是孤儿,父亲在她八岁就得肺结核死了。还车祸,阿月那里,与世隔绝,我怀疑很多老人一辈子都没见过车。再说了,矮哥就那点破工资,一个单身汉,花钱没有节制,哪里来的五万块钱?这不是天方夜谭嘛。我当时是纸厂的办公室主任,他们的情况,我最清楚。其实哩,这事儿,说复杂则复杂,说简单则简单。

说到这里,朋友诡秘地笑笑,四周看了看,手挡在嘴边,贴着我的耳朵说,当初,阿月在我们总部做清洁工,被董事长看上了。肚子搞大后,董事长夫人知道了,哭哭啼啼,闹得满城风雨。董事长找到我们厂长,想火速灭了这场风波。我们厂长又找到我。我合计了半天,最后想到了矮哥。矮哥当时只有一个条件,先打胎,后结婚。

我瞪大眼睛看着朋友,半天,犹犹豫豫地说,这不是潘金莲的现代版本吗?

朋友撇着嘴说,你以为是什么好货啊。

一对平常的夫妻,只因为外相和年龄的差异,竟然演绎出了四个截然不同的版本,而且每个版本都是那么真实,那么具有可信度。我不敢再深究下去了,因为知道接下来肯定还会有第五个、第六个版本源源不断地涌来。

写到这里,我孱弱如泥,深感恐惧。妻子在一旁读完,笑道,胡编乱造,瞎虚构,谁是矮哥?你的朋友圈里,有这号人吗?我怎么不认识。她又摸了摸我的头,打趣道,不会就是你自己吧?

我得意地笑了。

蚂蚁，蚂蚁

蚂蚁蚂蚁蚂蚁蚂蚁，蝴蝶的翅膀。

——张楚《蚂蚁，蚂蚁》

一只蚂蚁，从洞穴里爬出来，在暖融融的阳光下，四处溜达着。

突然，蚂蚁看到一只蝗虫的尸体，它兴奋地大呼小叫起来。很快，蚁群源源不断地朝这里涌来，队伍蔚为壮观。

不远处的榕树下，一黑一白两只鸡正在觅食。蚁群庞大的队伍，吸引了白鸡的目光。白鸡顺藤摸瓜，发现了蝗虫这份美食，咯咯地叫个不停，迈着方步奔过去。黑鸡抖起翅膀梗着脖子，拦住了白鸡的去路。

你想独占？

是我先看到的，不能不讲理！

黑鸡一脸的霸道，怎么着，我就不讲理！

白鸡火了，朝黑鸡扑了过去。黑鸡白鸡，战成一团。

白婶听见鸡叫，忙跑了出来，把鸡驱赶开。白婶抱起自家的白鸡左看右看，发现脖子被啄破了，还带着血迹。白婶恼怒，撵着黑鸡要算账。黑鸡惊慌地围着树打转，咯咯地乱叫。

黑鸡的叫声，唤来了主人黑婶。黑婶见白婶在撵自家的鸡，讥笑道，哟，连鸡都要欺负？

两家素来不和。白婶口里也没有好话，欺负了，怎么啦？

这不是明显在挑衅吗？黑婶一听火冒三丈，冲了过去，揪住白婶的头发，来！有种你欺负看看！

两个女人扭打在一起。

黑婶瘦小。输了。黑婶呜呜地哭，去萍湖煤矿找女儿女婿搬救兵。

女婿黑牛在私人小煤窑挖煤，只有女儿黑妹在家。

黑妹心疼老娘，见她青一块紫一块的，满身是伤，便大骂白婶断子绝孙偷人养汉。骂累了，领着黑婶去医院看伤。钱，当然是黑妹出的。

黑牛下班后，听说丈母娘被邻居打了，勃然大怒，扬言道，老子迟早一天要杀了白婶全家！

两个女人见男人喊杀喊打，心里顿时惊恐，忙找些大事化小小事化了的好话宽慰黑牛。

这几天矿里忙，脱不开身，过一阵再说。妈，你先住下，过几天我去找她算账。我饶不了这个老妖精！黑牛说完，依然是咬牙切齿。

夫妻睡前，黑牛听黑妹说看伤花了一百多块钱，不由得埋怨老婆，就你喜欢揽事。

那是我妈呢，不是外人！

怎么不是外人？她为什么不去县城找你哥，偏来找我们？相对你哥，我们还是"里面人"？

黑妹一听气了，又找不出什么话来反驳。黑妹噘着嘴不理他，拿出女人的绝活儿——面朝墙，背靠郎。

今晚，夫妻本来打算亲热的。饿了好几天的黑牛，把手搭过来，想搂住老婆哄几句。黑妹气呼呼地把他的手甩开。黑牛接着死皮赖脸，黑妹又把他的手甩开。黑牛再搭，黑妹再甩……黑牛

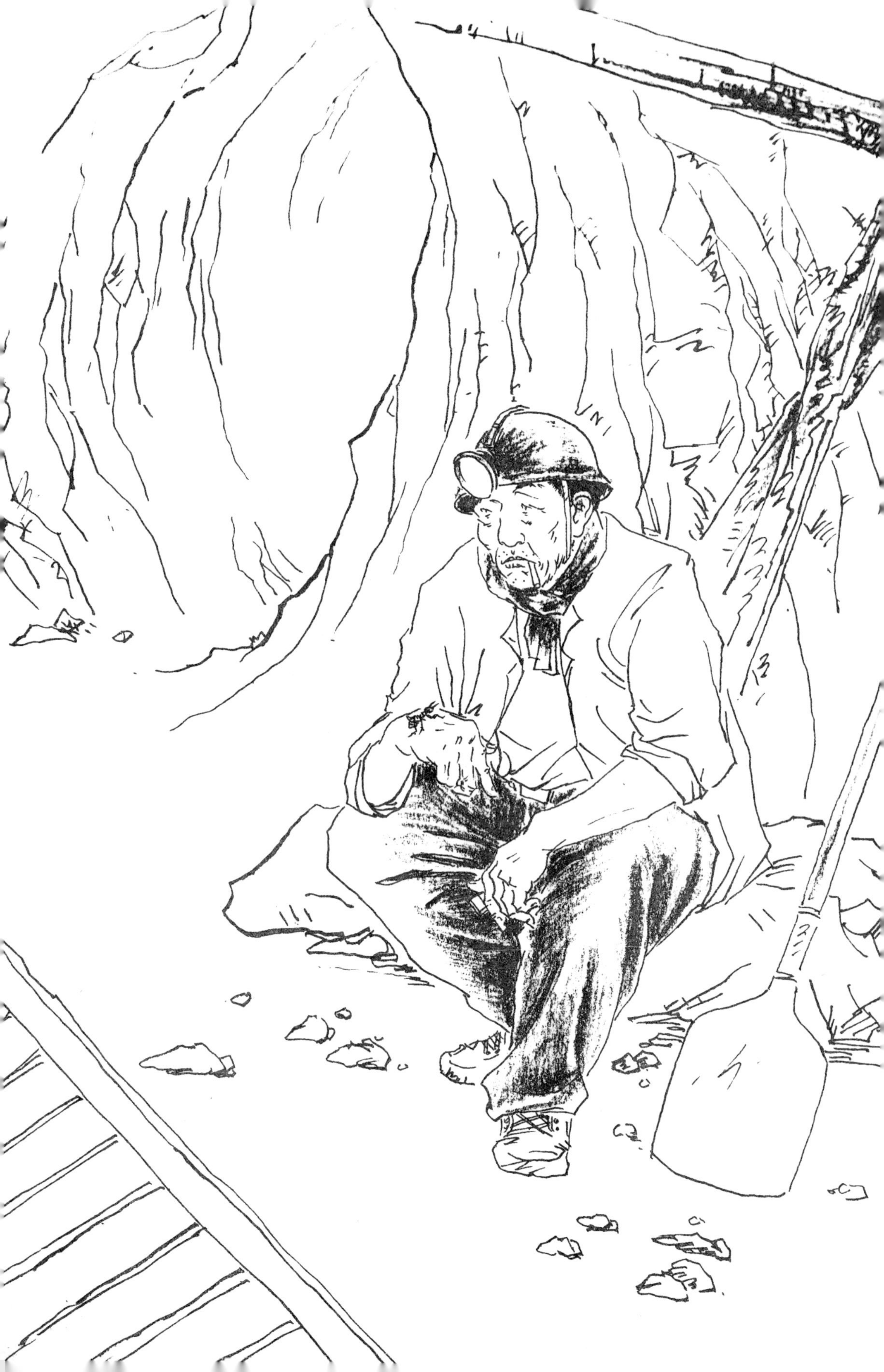

气了,也甩个背影给老婆。

两人干憋着,谁也不理谁。

天亮了,黑牛黑着脸,早饭也不吃,上班去了。

黑牛神情恍惚,随便套了件工作服,戴上矿灯,和一帮工友坐进吊桶,一声不吭地下到离地面500米的井下。

挖煤是个苦活儿,好在大家天性乐观,黄段子一筐一筐。大家一边干活儿,一边起哄,让老歪接着昨天讲他在秋二娘床上的故事。故事是真是假,大家不管,关键是得出彩。

老歪眉飞色舞。一帮汉子如痴如醉,甚至忘了手里的活儿。

老歪天生是个优秀的故事家,他火辣辣的现场直播,撩得黑牛欲火焚身。黑牛想起昨晚的事儿,心里暗骂老婆,老子在地下累死累活地养着你,不就是指望到了地面上你能让老子爽爽吗……

黑牛心里愤怒地骂着,不由自主地摸了根烟叼在嘴上,掏出了打火机。还没等工友惊叫完,"啪"的一声,打火机蹿出火苗,随之一声巨响炸开,大地战栗。

瓦斯爆炸!特大矿难!117条人命!

——那只蚂蚁不知道这些,依旧从洞穴里爬出来,暖融融的阳光,舒坦地晒着它的细胳膊细腿。

好大一棵树

你的胸怀在蓝天，深情藏沃土。

——那英《好大一棵树》

母亲去世十年后的那个清明节，我和父亲还有弟弟回到了久别的故乡，也就是那座小县城，去寻她的坟。

母亲去得突然，四十出头，便倒在她和父亲所在的造纸厂的车间里。那天是 4 月 15 日，还有两个来月，我就要参加高考。父亲犹豫再三，还是告诉了我。父亲指着饭桌上一个黑漆漆的骨灰盒，对我和弟弟说，你妈在里头。说完，看也不看我们，扭头出去，一屁股坐在家的门槛上，默默地抽烟，任凭我和弟弟在他身后哭得死来活去。

母亲的坟，说坟也不是坟。我们全家，除了造纸厂分发的两间低矮潮湿的平房，便上无片瓦，下无寸地。母亲葬在哪里，还真是个问题。父亲袖着手在外面寻摸了一天，回来等天黑严实了，重新领着我和弟弟出了门。黑乎乎的山道上，没有月亮，也没有星星，父亲扛着铁锹，打着手电筒萤火虫般在前面引路，我怀里捧着母亲的骨灰盒跟在他身后，再后面是紧紧拽着我衣角的弟弟。我们三人做贼一样，蹑手蹑脚，悄然上了县城西郊的观音山。观音山是一座孤山，树木葳蕤，山虽不高，却能俯视整个县城。从观音山的北面上山，是一条人迹罕至的山路，翻过山顶，到了南面的半山腰，衍生出一个岔路口，往左是回县城，往右是去造纸厂的一条小路。父亲在岔路口站立了一会儿，带领我们往左走了下去。走了两百步，父亲指了指路边，叹了口气，说，就这里吧。

一个小时后，母亲的骨灰盒，被我们安葬在一个小土包下面。父亲生怕别人发现，特意弄了一些草皮盖在新土上，还移栽了两棵小树侍立两旁作为记号。临下山时，我们三人站在母亲的坟前，望着山脚下的一城灯火，神情漠然，彼此不知道该说些什么。最后，父亲指着遥远的南方，说，这样也好，以后你妈每天都可以看见我们了。

如父亲所愿，我总算为他争了口气，被南方一所大学录取了。父亲也因为母亲的早逝而惊恐万分，执意要离开造纸厂这个污染严重的伤心之地，带着弟弟南下去打工。也就是说，我们全家搬离了这座县城，从此故乡变异乡。走的那天，父亲独自去母亲的坟前坐了半晌，回来时，我感觉他一下子苍老了许多。望着魂不守舍的父亲，我装着没心没肺的样子，把锁匙交还给单位上来接管的人，对父亲说，走吧，此地不留爷，自有留爷处，天下之大，何愁没有家！

母亲的离去，对于我们这样一个家庭来说，是巨大的灾难和难以言说的悲恸。十年间，我们三人聚在一起，从不敢谈起母亲，甚至连她的照片也刻意地藏了起来。就像一个难以愈合的伤疤，夜夜隐隐作痛，却被我们不约而同地捂了个严严实实，谁也不愿意去揭开它。是的，如果不是因为父亲刚刚被医院查出肝癌晚期，没人会主动提出去寻她的坟。

可是，坟没有了。我们回到县城是日暮时分，和上次一样，沿着观音山北面的那条山路上了山，翻过山顶，等来到山南面的那个岔路口时，不由惊呆了。岔路口的右边，依旧是树木葱茏，依旧是那条羊肠小道蜿蜒而下，依旧是造纸厂五颜六色的污水在山脚下的小河里肆意流淌。岔路口的左边，别说两百步，就在不到一百步的地方，那条拐下去的小山路硬生生地被一圈围墙砍成了断头路。围墙里面，搅拌机轰鸣，工人们紧张忙碌，一栋栋别墅在一堆堆凌乱的钢筋水泥中张牙舞爪。父亲惊得张了张口，想说什么却说不出来，最后一只手捂住心口，浑身抽搐，痛苦地蹲了下去。我和弟弟顿时醒悟过来，忙跑过去一把搀住他喊，爸，爸，您怎么啦？

好一会儿，父亲才缓过一口气来，手指着围墙里面，抽泣着说，你妈的坟……

我妈的坟……我脑海里高速运转着，惶然四处张望。突然，我指着岔路口的右边，急中生智地说，我妈的坟不是在那里吗？您，您记错了呢。

我怎么可能记错？父亲抹了抹眼泪，惊讶地问。我朝弟弟使了个眼色，弟弟立马反应过来，忙在一边附和道，您肯定是记糊涂了，我和哥哥明明都记得是在右边。你那晚不是还说，右边好，男左女右，葬在右边，你妈就可以守住我们在造纸厂的那个家了。

是吗，我有这样说过？父亲将信将疑地问。我和弟弟猛点头。父亲犹豫了一下，便朝岔路口的右边望了望。

岔路口的右边，大概是两百步的地方，有一棵大树矗立在路边。大树枝繁叶茂，树干笔直粗壮，高耸入云。父亲疾步走了过去，踮起脚尖，一把抱住大树，将脸亲昵地贴在树干上，嘴里喃喃自语，仿佛在倾诉什么。

夕阳西沉，长夜未临，苍茫的暮色在故乡的上空，一寸一寸跌落下来。

我和弟弟不敢贸然上前去打扰父亲，只好呆呆杵立在岔路口，内心凄惶不安。附近的树林，山脚下的县城，还有更远处的乡村田野，笼在水烟四起的暮色里，影影绰绰，轮廓模糊，直至漫漶不清。而身边一墙之隔的围墙里面，却是那般的清晰可见，亮晃晃的夜灯下，人影幢幢，搅拌机像一头巨大的鳄鱼，吞进吐出，在永不知疲倦地嘶吼着。我和弟弟不禁对望了一眼，彼此神情悲郁。那一刻，我知道，他和我一样在忧虑：父亲没几天活头了，他老人家走后，该何处安息？

悲伤逆流成河

他来过,看一眼又离开了。

——郭敬明《悲伤逆流成河》

父亲葬礼结束的第二天,母亲像平常一样,早早地去了老街,拉开卷闸门,继续经营她的小饭店。她的手臂上,连块黑纱都没戴。有旁人看不下去,对母亲讥讽道,不要那么急嘛,慢慢来。

母亲柔声道,能不急吗?孩子他爸没了,但饭店还活着,一家老小的日子还得过。再说了,天塌下来是我个人的事,客人该吃饭还得吃饭,该干吗还得干吗,和平常没什么区别。

母亲说完,依然站在炉前,平静地望着门口的老街。老街上晴日朗朗,人来人往河流般涌动,确实和平常没什么区别。对方有些尴尬,识趣地走了。其实母亲心知肚明,对方所言有另外一种意思,无非是指老林。

老林是母亲请的帮工。父亲生前是电力公司的一名检修工,经常在野外作业,很少来店里。店虽然小,但地段好,吃饭的人多,母亲一个人根本应付不过来。时间长了,就有了老林。老林住在城郊,是母亲初中的同学,一直单身。开始,母亲想让老林掌勺炒菜,但两天下来,发现老林压根不是这块料。母亲只好退而求其次,让老林写单收钱,端盘子洗碗,擦桌子扫地,干起了服务员的差事。有一些新来的客人不明就里,对老林老板前老板后地吆喝。老林很不乐意这称呼,总是一脸严肃地纠正道,我不是老板,我是服务员,给老板娘打工的。说完,偷眼瞅着母亲。母亲不忘手里的活,一边锅铲在锅底刮得咣咣作响,一边扭头瞥老林一眼,嘴角微翘,漾着笑意。

但今天情况还真不一样。临近中午时,一个戴眼镜的中年男人进店吃炒米粉,他刚刚坐下,便习惯性地喊老林,老板,麻烦来杯茶。老林顿时来了精神头,用比以往更认真更严肃的态度一字一句地纠正道,我不是老板,我是服务员,给老板娘打工的。说完,一边沏茶,一边偷眼瞅着母亲。母亲像没听见一样,低着头,平静如水,锅铲依旧在锅底刮得咣咣作响。

关于母亲和老林的关系,老街上早传得有鼻子有眼,有人说老林至今未娶,是因为打初中时就开始暗恋母亲,还有人很有把握地说我妹妹就是老林的种。怎么传怎么说,都长在别人嘴上,就像街面上的风,来去无踪,刮两下,当事人岿然不动,便自然消停了。

母亲的平静让老林内心忐忑不安,两个人缄默无语,忙自己手里的活。好在今天客人不多,大多时候,母亲是坐在店门口,静静地喝茶,静静地看着街面上。街面上,行人如鲫,来去匆匆。

直到下午四点多钟,外面来了一群人,七八个,站在门口朝里面瞅,交头接耳。老林问是不是想吃饭?他们解释说自己带了菜,想借这里喝点酒,聚一聚。老林有些为难地看着母亲。母亲没有起身,只是点了点头。

这群人是附近修建高速公路的工人,菜是在外面熟食店里买的卤菜,啤酒也是自带的。开始,他们还有些拘谨,不一会儿,便人声喧哗,彻底闹腾开来了。这情形,就像突然闯进来一群强盗,他们猜拳行令,大碗喝酒,大口吃肉,像在自己家里一样旁若无人。老林愤愤不平,几次想发作,都被母亲用目光制止了。

一直喝到天擦黑,这帮人才心满意足地散去。临走时,一个年轻的小伙子跌跌撞撞站起来,掏出几张十元的钞票搁在桌上,解释说,自己刚刚在老家举行完婚礼,特意邀请几个兄弟出来庆祝一下。出人意料的是,母亲一股脑把钱塞在小伙子手里,分文未收。小伙子颇为感动,对母亲和老林夸赞道,你们两口子真是好人,好人啊,有好报!

老林在一旁严肃地纠正道,我不是老板,我是服务员,给老板娘打工的。

小伙子瞅了瞅老林,扭过头对母亲说,哦,不是你老公呀,你老公不在?出远门了?啥时候回来?母亲犹豫了一下,不知道如何作答。新郎似乎喝多了,大着舌头继续自说自话,唉,我明白了,你老公肯定是像我一样把老婆一个人丢在家里,这样不对。说完,手在胸前一划拉,伸出小拇指对自己指了指,然后脚步踉跄,和一群人相互搀扶着,歪歪扭扭地走了。

早春二月的夜,天似暗未暗,街面上笼起一层迷离的雾,水汽氤氲,影影绰绰,宛如一条看不见头的河流。母亲站在门口,犹如站在岸边,望着他们的背影发怔。

老林殷勤地说,忙了一天,你也累了,早点回去歇息。老林迟疑了一下,转而目光里盈满柔情,继续说道,放心吧,一切有我呢。

母亲脱下藏蓝色的长衫,里面是毛衣,素白如雪,她的手臂上赫然扎着一条黑纱。那几个背影渐行渐远,愈来愈模糊,母亲目送着,眼里噙着泪花。她对老林哽咽道,我知道,孩子他爸,孩子他爸刚刚来过。

像艳遇一样忧伤

你的故事飘来了花香，像艳遇一样忧伤。

——钟立风《像艳遇一样忧伤》

她要结婚了，对他发出热烈的邀请，在微信上。其实，他不去也不是不可以，但还是去了。他怕伤着她。她老家在大西北，远着呢，身边应该没几个朋友。

婚礼有些微型，在一家湘菜馆的包房里，摆了三桌。坐下不久，他发现除了新娘，自己谁也不认识，包括那个蓄着小胡子的新郎。大家有说有笑，谈笑风生，只有他如一外星人，沉默地坐着，沉默地抽烟。偶尔有同桌怕冷落他，热情地打招呼，问他是谁，来自哪里？他有些尴尬，支吾道自己是新娘的朋友。对方的眼睛兴奋地眨了两下，不再言语。其实，望着她一身盛妆欢天喜地地忙前忙后，他内心挺高兴的。他是真高兴，没掺半点假，漂泊异乡多年，她总算在这座城市有了一个家，不容易啊。

如果是大型婚礼，在酒店摆个十几桌或者几十桌，宾客多半相互不认识，大家可以装装样子，举举酒杯，很容易对付过去的。这样的婚宴，他参加过不少。但是，今天似乎不太一样，为了活跃气氛，新郎新娘向每位客人单独敬酒，并依次作介绍。也就是说，在场的二十几号人，个个都是焦点。想想也对，人这么少，不这样整，婚礼未免太冷清了。他觉得自己应该向新郎新娘私下敬一杯酒，先暖暖场，和新郎友好地认识一下。但是，瞅了半

天,他也找不到合适的空当。

对于新郎新娘来说,人少有人少的好处,可以悉心照顾到每一个人。新郎新娘一边敬酒,一边深情地向大家回忆与对方的交往史和伟大的友谊,感恩,祝福,手机拍照,推杯换盏。从他们的嘴里,他第一次知道了关于她的很多信息,比如新郎姓马,是一个广告设计师,比如他们一见钟情,爱情长跑了七年。随着时间的推移,他不得不接受一个尴尬的现实——今天所有到场的客人,除了他,其他人几乎都认识,平日里都在一个圈子里混。

原来自己是多余的。

他懊悔不已,想逃了,比如借上洗手间时悄悄溜走。可是,他没机会了,新娘已经站在他身后,温柔地拍着他的肩,用麦克风高声宣布,下面,我要隆重介绍一下我身边的这位大哥,夏阳大哥,你们都不认识。说完,她偏过头朝一旁的新郎幽默地调侃道,老公,你也不认识,这是我私藏多年的一位大哥。

在场的人轰地笑了。笑完,大家鸦雀无声,神情专注地看着他。众目睽睽之下,他不得不硬着头皮站起来,举着酒杯向新郎新娘表示祝福。该叫新郎啥好呢?姐夫?不对,刚才她还管自己叫大哥呢。妹夫?有些暧昧。马先生?太官方了,肯定不合适。他一时词穷,斟酌再三,不知道该怎样称呼对方。他一着急,便有些面红耳赤,好像做了亏心事一样,结结巴巴地说,马,马,马老师,我祝福你们白头偕老,幸福美满。

新郎优雅地看着他,轻轻碰了一下他的杯沿,优雅地说,谢谢!

他顿时意识到自己的话太酸了,完全是前男友的口吻。于是,他不甘心地加了一句,我和阿芳很熟的,她去过我家。新郎继续保持优雅的微笑。他的本意是想撇清自己前男友的嫌疑,但一说完就后悔了,感觉自己越说越乱。幸好,他又急中生智地挽救了自己。他说,我老婆很喜欢阿芳。说完,如释重负。虽然,他还是一只单身狗。

新娘完全没注意到两个男人之间的较量,她正在一旁用麦克风款款深情地朗诵着早已打好的腹稿。她说,我和夏阳大哥认识五年,只见过一面,今天特意邀请他来参加我的婚礼,因为我曾经是一个诗人,他是我目前能够找到的唯一一个见证人。他当年是杂志社的编辑,发表过我的诗歌……

新娘的话,等于无意之中戳穿了他在新郎面前的谎言。他承认,新娘说的都是事实,没有半点虚构。他们确实只见过一次,她路过杂志社,进去坐了半个小时,说了很多感激的话。现在回想起来,当时是加了QQ,有一搭没一搭地聊了很长时间,后来微信红火了,又成了微信好友。因为微信的介入,他感觉她一直生活在自己身边,每天相见,无话不谈,宛如多年的哥们。他从未意识到他们只有一面之缘,仅此而已。微信只是一个平面,而不是一个空间,它可以展示她想展示的一面,也可以掩盖她想掩盖的另一面,比如她早就有了男朋友。这些道理他懂,但从未细想过。

婚宴结束后,在很长一段时间里,他溺水般地难受。开始,他迁怒于她爱慕虚荣,神神秘秘地邀请他去参加那狗屁婚礼,把一件简单明了的事儿弄得错综复杂。接着他又痛恨自己性格木讷,前言不搭后语,心事重重的样子,难免叫人生疑,最可笑的是还自作聪明公开撒谎。不久,他体谅了自己,转而去怪罪那个所谓的"马老师"皮笑肉不笑,城里人的套路玩得太深。后来,他换位思考,总算想开阔了,认为站在各自的立场上,三个人都没有做错什么。但为什么心里总有一根毛在挠痒痒,感觉很不舒服呢?

半年后的一个午夜,他在KTV喝酒,和几个美女用啤酒瓶比赛吹喇叭,吹得晕晕乎乎了,便倒在沙发上,掏出手机无聊地刷微信。突然,他看到她刚刚发的一个朋友圈:今天,我离婚了。

他惊得顿时坐了起来,盯着手机屏幕又看了一遍。没错,五分钟前发的,所配的图片很平常:民政局、紫红色的离婚证、来来往往的的士车,就像以往她告诉大家在网上淘了个充电宝,或者晚餐吃了白菜炖粉条一样语气平淡,无悲无喜。

她越是无悲无喜,他越在内心禁不住胡思乱想,自责不已。他咕咚咕咚地一口气灌了大半瓶啤酒,然后坐在一群红男绿女身后,眼睛死死地盯着一桌子的空酒瓶,心中充满无限忧伤。

上苍保佑吃完了饭的人民

只想能够活下去,正确地浪费剩下的时间。

——张楚《上苍保佑吃完了饭的人民》

有钱人张大炮喝完早茶,溜达在大街上,心情很不错。年底了,手下工人放假回家,忙了一年的他,难得这样无所事事,又轻松愉悦。

一条不长的街,不时有熟人向张大炮打招呼。张大炮叼着竹牙签,腆着一个肥嘟嘟的肚子,频频向打招呼的人点头示意。他慢慢悠悠地转着,像在巡视他手下的工厂,街上的行人以及街两边的店铺,似乎就是他那条德国进口的流水线上正在加工的产品。

张大炮转了几圈,心满意足地回到车里,掏出手机找人。中午去哪儿吃饭,和谁一起?这是很多有钱人每天所要面对的一道思考题。张大炮浏览着手机里的电话号码,好一会儿,痛苦地摇了摇头,把手机摔在副驾驶座上,点燃一支烟,转头去看车窗外的人来人往。

平日里忙得像陀螺一样的张大炮,今天突然松懈下来,坐在街边豪华的车里,闷闷地抽着烟,有点茫然不知所措了。

一个骑自行车的女子从车前一闪而过,让张大炮眼前一亮。这女子身材窈窕,一袭白色的运动装,一条乌黑的马尾辫在身后晃来晃去,晃得张大炮找到了初恋的感觉。张大炮轻踩油门,

偷偷地跟在那女子身后。

那女子茫然不知身后的跟踪者,晃晃悠悠地踩着单车,穿过两条大街,只身进了一家健身俱乐部。张大炮停好车,疾步跟了进去。有服务生在入口处拦住张大炮,礼貌地问,先生,您好,您找谁?

张大炮支吾了半天,说,我想健身。

钱倒是不多。张大炮花了八十块钱,填了两份表格,办了一张临时卡,换上了俱乐部提供的短衣短裤。偌大的健身房,只有他和那女子两个人。张大炮怀着激动的心情奔了过去。仅仅几秒钟,也就是说一瞬间,张大炮便有了想抽自己嘴巴子的冲动——那女子的背影确实很迷人,给人无限遐想,正面的相貌却倒人胃口,简直让人想自卫。那女子四十多岁,满脸雀斑,却异常开心,估计是刚刚升级做外婆了。张大炮心里骂道,上帝佬儿真缺德,一大早就这样忽悠老子。

既然来了,就干脆练练吧。张大炮离那"外婆"远远地,在跑步机上开始卖力气了。有多长时间没这样锻炼了,张大炮自己也说不清楚。偶尔,和朋友谈起健身运动,他就自嘲,做爱是现在唯一的运动。说完,骄傲地笑笑。多年来的胡吃海喝,帮张大炮攒下了一身的肥膘。很快,他身上开始冒汗了,慢慢地,汗如雨下。那汗珠,油腻腻的,分不清是汗水还是油脂。

坚持,再坚持。坚持了十几分钟,张大炮感觉天旋地转,腿肚子直抽筋。不跑了,再跑,说不定这条老命搭这儿了。张大炮原地歇了老半天,喝了几杯水,彻底缓了过来,便起身去蒸气室。整个蒸气室一片冰凉。吼了半天,来了一个经理。经理是个女的,一脸歉意地解释,年底了,不少员工放假回家了,人手不够,加上上午健身的人一般很少,所以没开蒸气室,非常抱歉。

张大炮挥挥手说，算了，我冲凉吧。

经理局促不安地说，现在还没有热水，锅炉正在烧呢，您得等四十分钟。

张大炮一听，生气了，再细看那经理，居然是自己跟踪的那个"外婆"。张大炮彻底愤怒了，抓起桌上的一个玻璃杯，狠狠地砸在地上，骂道，开什么玩笑，你信不信，老子把你这里给端了！

"外婆"战战兢兢，鸡啄米一样点头哈腰，嘴里不停地说对不起。骂了半天的张大炮，最终还是没辙儿，穿上自己的衣服，悻悻地离开了俱乐部。

开车行驶在大街上，张大炮感觉浑身黏糊糊的，到处痒得难受，总忍不住想去挠，一挠，指甲缝里便塞满了黑黑的泥垢，恶心死了。

路过一家五星级酒店门口，张大炮没有丝毫犹豫，直接把车开进了地下停车场。他决定开一间房好好泡个澡。临关车门时，他突然想起车上还有一箱法国红酒，一共六瓶，前段时间一个台湾客户送的。泡个热水澡，喝点红酒，好好犒劳犒劳自己，这个主意肯定不错。张大炮提着一瓶红酒进房时，心情好了许多。

有钱真好。有钱人张大炮舒舒服服地泡了个热水澡，浑身清爽后，从一个包装精美的木匣子里取出那瓶价值不菲的法国红酒，自斟自饮，喝了个精光，然后把自己埋在松软宽大的被褥里，美美地睡着了。

黄昏时，张大炮那辆豪华的小车再一次停在街边。他彻底忘了自己上午在健身俱乐部所发生的不愉快。晚上去哪儿吃饭，和谁一起？面对这道思考题，张大炮浏览着手机里的电话号码。好一会儿后，他痛苦地摇了摇头，把手机摔在副驾驶座上，点燃一支烟，转头去看车窗外的人来人往。

相关链接:【本报讯】昨日,在本市某五星级酒店员工宿舍里,发生了一件凶杀案。客房部女服务员张小珍被人用重物击打头部,倒在血泊中,经市人民医院紧急抢救无效身亡。案发后,该酒店客房部女服务员张小芳投案自首。警方透露,犯罪嫌疑人张小芳和死者张小珍属于同一村的老乡,一块长大,并同时被该酒店录用。两人一直以姐妹相称,感情尚好。据张小芳交代,案发时,她和死者是为争抢酒店客人遗弃的一个法国红酒木匣子而发生肢体冲突。张小芳一时情绪失控,用锤子击打死者头部……

幸福可望不可即

我想我可能活在某个错觉中,总是在幻想中暂时忘了疼。
——郑钧《幸福可望不可即》

一碗面,卧着俩煮鸡蛋。

秋娘撒上葱花,淋上小半勺香油,满面春风地端上桌。山牛接过面条,开始风卷残云,一边吃一边夸:"好吃!"

屋里无外人。他们隔桌对坐。秋娘笑眯眯地看着山牛的吃相,看自己男人一样心生甜蜜。

山牛抬头,见秋娘目光异样,顿感身子发烫,口干舌燥。

按风俗,客人不能把两个鸡蛋都吃完,得留一个给主人,以示尊重。山牛用筷子划拉着两个鸡蛋,划船一样,在秋娘心中荡起一层层涟漪。

山牛说:"东家嫂子,你也吃一个。"

秋娘的脸泛起红晕,悄声道:"你喂我嘛。"

山牛怔了一下,用筷子小心地夹起一个鸡蛋伸了过去。秋娘探起身,用嘴去接。山牛望见秋娘低开的衣领下,一对饱满的乳房山峰般耸立着,便身心大乱,手哆哆嗦嗦不听使唤,筷子一抖,鸡蛋钻进了秋娘的衣领里。

鸡蛋,有些滚烫,从秋娘的胸口、乳沟、肚脐,一路滑落到腰部,才被裤带止住,如一个男人热烈悠长的吻,丝绸般细腻。秋娘脚步踉跄,有些站立不稳,醉了。山牛惊呆了,举着筷子不知

所措。

"讨厌,快帮我掏出来!"

"嗯,嗯!"山牛听话地转过桌子,手伸进她的衣领,在胸前摸起鱼来。秋娘呻吟一声,倒在山牛怀里。

山牛顺势把她抱起,进了里屋。屋外,阳光正酣。

其实事情不是这样的。那是秋娘看着山牛吃面时的瞬间想象而已。

其实当时山牛用筷子划拉着两个鸡蛋,并没有礼让,犹豫了一下,自己吃了。

山牛吃出一身的汗,解开短袖上衣的衣扣,敞开怀纳凉。

秋娘望着山牛一身隆起的肌肉疙瘩,光滑壮实,便心生惊羡,脸色绯红。

山牛诧异地问:"东家嫂子,你怎么啦?"

秋娘把脸扭向一边,没有吱声,眼里却泪水涟涟。

"你哭啥?"

"没啥,没啥。"秋娘忙掩饰道,却忍不住偷眼去瞅山牛结实宽厚的胸膛。

山牛望着神情落寞的秋娘,忍不住问:"怎么从不见你男人回来?"

"我男人?我男人常年在外打拼,早有相好的,他把我忘了。"秋娘目光幽怨,成了一口井,深不可测。

"我一直在守活寡!"秋娘紧抿双唇,低头看桌面上的木纹。

山牛眼睛一亮,直勾勾地瞅着秋娘,慢慢地,和秋娘的眼睛连成一条直线,瞬间迸发出新的内容。

两人当即收拾细软,急匆匆逃出门,私奔天涯。

其实事情也不是这样的。这是秋娘看着山牛吃面时的另一

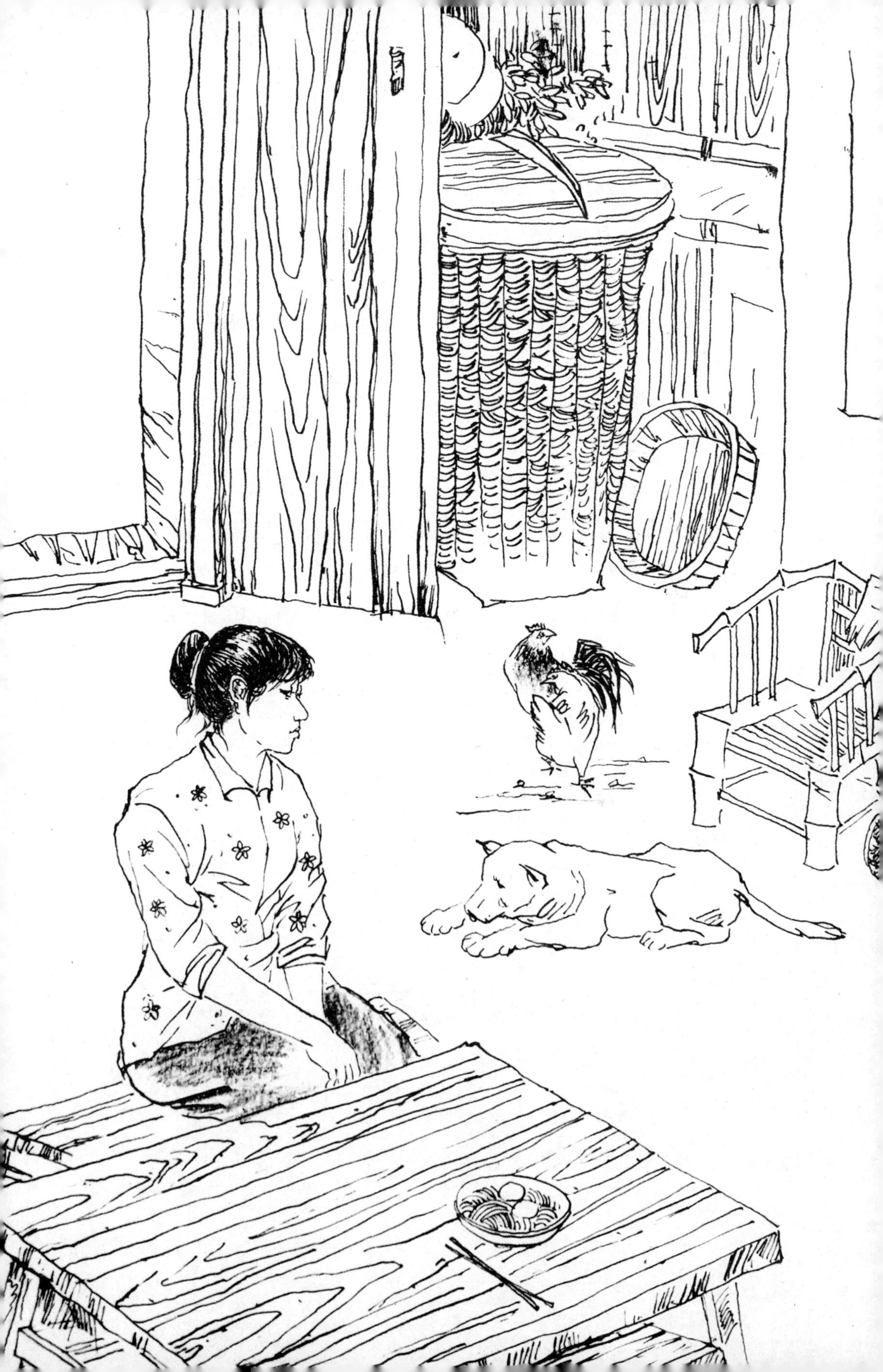

种想象而已。

　　为了不耽误你的时间,我还是把那天真实的情况告诉你吧:夏季农忙,秋娘家缺少劳力,请山牛来帮工。山牛没吃早饭,晌午时饿得不行,独自回来寻吃的。秋娘煮了一碗面和两个鸡蛋给他。秋娘安静地看着山牛吃完面和蛋,又泡了杯茶。两人都没言语。

　　山牛喝完茶,拍了拍肚皮,起身出门上田,临走时问了一句:"东家嫂子,要带什么吗?"

　　秋娘有气无力地答道:"不用。中午太阳晒,早点归来。"说完,一屁股坐在椅子上,虚弱地喘着气,怔怔地望着山牛远去的背影,用脚踢了一下身边正在打盹儿的狗。

　　狗起身跑开,抖了抖满是灰尘的毛,对着秋娘龇牙咧嘴地笑了。

春风沉醉的夜晚

你是我的谁？谁是谁的谁？

——金锦超《春风沉醉的夜晚》

期末考试,强强考了个全班倒数第一名。

做父亲的王小毛气坏了,抄起鸡毛掸子将儿子猛揍了一顿。李小娟心疼儿子,指着老公的鼻子数落道,你平日里花天酒地,啥时关心和辅导过儿子的功课？儿子考得再差,也是基因不好。你以前读书吃鸭蛋还少啊……

王小毛怒不可遏,抡起巴掌冲了上去。两人扭打成一团。

战斗结束时,天已经黑了。一地碎盘子烂碗中,李小娟披头散发,摔门而出。李小娟在胡同口哭啼了一阵,擦了擦眼泪,从包里掏出手机,给赵大鹏打了个电话。

街上,春风满地。霓虹灯,星星点点地亮了。

李小娟拦下一辆的士,刚刚坐进去,儿子强强仿佛从地底下冒出来似的,拽着车门说,妈,我错了,我以后一定用功学习。

李小娟忍了半天,眼泪还是流了下来。在牵着儿子回家的路上,她又给赵大鹏打了个电话。

赵大鹏接到李小娟的第一个电话时,正在外面喝酒。当年的校花主动打电话给自己,言语暧昧,他没有理由不心花怒放。赵大鹏对李小娟激动地说,那我们就在酒店开个房叙叙旧吧。

赵大鹏接到李小娟的第二个电话时,心情沮丧。前后才十多

分钟,李小娟又回到了以前的冷若冰霜。更要命的是,今晚有家不能回了。他刚刚在电话里向妻子请过假,说右眼皮跳得厉害,担心今晚会有紧急情况,想回所里看看。

　　妻子不敢不答应。赵大鹏本来是市局的一名普通工作人员,到处烧香拜佛,费了姥姥劲,才挪到了这个郊区派出所所长的位置,到现在屁股还没坐热呢。

　　赵大鹏的车,随着车流在市区四处转悠。经过自家小区门口,赵大鹏望着16楼那个灯火温馨的窗口,心中对李小娟非常恼怒,臭女人,放我鸽子,害得老子现在有家难归。他也想过找个借口进去,但转念一想,算了,歪打正着,岂能白白浪费。

　　赵大鹏掏出手机,想了想,拨给了刘莉莉。刘莉莉是个富婆,颇有几分姿色,在赵大鹏辖区内开了两家公司。赵大鹏先用暗号问,材料整理好了吗?刘莉莉在电话那端娇声娇气地说,好了。赵大鹏笑了,说,我想在材料上签字。刘莉莉说,讨厌,周末你不在家里陪老婆,对我签啥字?赵大鹏收起自己的嬉皮笑脸,认真地说,想你,现在。电话那端沉默了几秒钟,说,那老地方吧,我开好房等你。

　　刘莉莉在皇冠大酒店开好房,左等右等,却没等来赵大鹏。赵大鹏在电话里一个劲地表示抱歉,说所里临时有情况云云。赵大鹏真没有撒谎。他在去酒店的路上,经过自己辖区时,心急火燎,黑灯瞎火中把一辆摩托车撞了。那骑摩托车的,满脸是血,见是警察,惊慌失措,一骨碌儿爬起来扭头就跑。赵大鹏顿时感觉不对劲,撒腿追了上去,把那家伙带回所里。一核查,原来是个全国通缉的潜逃犯。赵大鹏立大功了。几天后,他面对新闻媒体侃侃而谈:为了抓捕这个潜逃犯,我放弃了周末节假日和亲人团聚的机会,加班加点,蹲伏了一个来月。

被赵大鹏撂在酒店里的刘莉莉,也不想回家了。那个家,早已名存实亡。刘莉莉沐浴完,穿了件性感的睡衣,端着高脚红酒杯,软绵绵地站在28楼巨大的落地玻璃窗前,望着脚底下的万家灯火沉醉在一片春风里,倍感孤独。

刘莉莉喝了两杯红酒,给诗人周文杰发了个短信:皇冠2808房,速来。

诗人周文杰,名气不小,但和大部分诗人一样穷困潦倒。刘莉莉私底下很喜欢诗歌,拜读过周文杰的所有作品,非常仰慕他的才华。当然,这些都是刘莉莉个人的秘密。刘莉莉知道诗人不能宠,一宠,就忘了自己姓什么。刘莉莉每个月付给周文杰不菲的薪水,让他主编公司可有可无的内刊,算是间接把他包养了。

周文杰接到刘莉莉的短信,恰好是凌晨一点。这时,他正和女友韩小兰厮守在一起。韩小兰是个乡村英语女教师,平时住校。今天周末,上完课,挤上开往城里的公交车。等她看到站牌下那个心爱的人影时,城市已经是灯火如海,晚上八点多了。两个人在外面吃完饭,逛了两家超市,采购了一大堆日用品。回到出租房,韩小兰洗了周文杰积攒了两个礼拜的衣服鞋袜,满满两大桶,可把她累坏了。一身汗涔涔的韩小兰进到洗手间,反锁上玻璃门,开始冲凉。稀里哗啦的水声中,周文杰穿个裤衩,躺在床上吸烟,瞅着那个朦胧的胴体,满怀期待。就在这时,刘莉莉的短信来了。

周文杰从床上蹦了起来,快速穿好衣服,拍着玻璃门说,公司出事了,我得马上去一趟,今晚估计是回不来了。走到门口,他又踅回来,继续拍着玻璃门说,是两个同事在外面喝酒跟人家打架,现在闹到派出所去了,我不出面摆不平。

韩小兰双手满是泡沫,正在洗头,扬起脸还没来得及应一句,就听见周文杰急匆匆下楼的脚步声。韩小兰双手在头上停顿了一下,转而机械地搓了起来。

韩小兰冲凉后,躺在床上抱着个枕头,怎么也睡不着。她给周文杰发了个短信:注意安全,早点回来。韩小兰端着个手机,在黑暗里等了半天,也不见任何回复。

百无聊赖。

韩小兰信手翻阅手机里面的通讯录,当看到"黄燕"这个名字时,轻轻地笑了。电话那端很吵,黄燕大着嗓门吼道,我正在东门吃夜宵呢,你赶快过来,我们俩好好喝几杯。

半个小时后,韩小兰打的赶到东门夜市,见到黄燕,异常激动。两个人紧紧地拥抱在一起。老同学,三年没见面,是得好好喝几杯庆祝一下。黄燕的几个朋友在一旁起哄。

喝。

喝了多少,不知道。喝到什么时候散场,也不知道。

等到韩小兰有点知觉时,迷迷糊糊中,发现身上压着一个陌生的男人。那男人喘着粗气,正在剥她的内裤。韩小兰立马清醒过来,愤怒地挣扎,同时失声尖叫,NO!

窗外,天唰地亮了。

时间都去哪儿了

时间都去哪儿了,还没好好感受年轻就老了。

——王铮亮《时间都去哪儿了》

他,胖,肉乎乎的,衣服穿在身上,像捆一只肉粽。因为胖,他很少带钱包,碍手碍脚,嫌麻烦,也不好看。事实上确实不好看,一件花T恤,一条牛仔裤,揣个钱包,鼓鼓囊囊的,特扎眼。他出门,一般手里抓个手机,口袋里掖个几百块钱,昂首走在大街上,面对湍急的人流,目光如炬。朋友都说他像美国人,出门时四大皆空,一身清爽。他听了,心情愉悦,一脸得意。当然,这是他几年前的样子。

几年后的一天,他回故乡,一个文友赠送几本自己写的书给他。文友很客气,将书装在一个文件袋里,双手捧给他。他当时没太在意,握着对方的手,啊呀啊呀地表示感谢。

回到家,他还是没怎么在意,取出书后,顺手将文件袋扔在车的后备厢里。直到有一天,他上银行去取钱,因为数额不小,才恍然发现这个文件袋的好处。文友是政府的一个小官员,所给的文件袋是全市某年度经济工作表彰大会的纪念品,蓝艳艳的,尼龙布面料,光滑结实,提在手里很轻便。他所在的城市治安不是很好,偷盗抢夺时有发生,他在车窗玻璃被砸了两次后,痛定思痛,将各种真皮的手提包束之高阁,拎上了这个蓝袋子。

蓝袋子土里土气,但实用,里面可以放各种零碎:车钥匙、家

门钥匙、办公室钥匙、行驶证、驾驶证、身份证、信用卡、手机、香烟、打火机、纸巾、零用钱,甚至避孕套。一个蓝袋子,像一个百宝囊,彻底克服了他丢三落四的臭毛病。更重要的是,它不惹眼,可以远离许多人的惦记。

　　自从用上了这个蓝袋子,他发现菜市场的菜价降了不少。当然,这和他的穿着也有关系,他已经很少穿鲜艳的T恤和带窟窿眼的牛仔裤,更别说油光锃亮的进口皮鞋。他买菜不习惯讨价还价,但不再是从口袋里摸出几张一百的让人家找零,他随身所带的蓝袋子里,有的是零钞。人家找他硬币,他也不会像以前那样拒绝,而是笑吟吟地扔在袋子里,转身递给下一家。硬币这玩意儿,确实碍事,搁在身上不仅沉,而且容易丢。有一次洗车,洗车师傅从座位底下和各个犄角旮旯里抠出四十几枚硬币捧在他面前,让他着实大吃一惊。说起洗车,现在就省事多了,把各种贵重的物品一股脑扫到袋子里,免去了以前左捧右拿的尴尬。

　　也有不愉快的事儿。

　　一次,他去找一个熟人。车停在大街上,穿过两条小巷,站在一栋楼的楼下,他有些拿不准熟人的住处,便向一楼开杂货店的老板娘打听:老周是住这里吗?老板娘看了他一眼,站在门口仰着头对楼上喊:老周,三楼的老周,收电费的找你!

　　收电费的?他哭笑不得。转而低头看自己的打扮,一身篮球无袖背心和短裤,一双沙滩凉鞋,手里提着一个污迹斑斑的蓝袋子。晕,还真不能怪人家有眼无珠。临上楼时,他笑眯眯地对老板娘说:顺便通知你一下,从下个月开始,每度电上涨一块二毛钱。

　　还有一次,他去参加朋友阿贵儿子的婚宴。刚刚走到酒楼门口,有人热情地迎了上来,大声招呼道:村主任来了,欢迎,欢迎!

阿贵忙跑过来纠正道:村主任还在路上呢,这个是夏老板。

他尴尬地挠了挠头,从蓝袋子里掏出一个红包递给阿贵,自我解嘲地问那人:村主任有我这么休闲吗?

尽管这样,他对这个蓝袋子依然是不离不弃,敝帚自珍。时间久了,袋子底下磨出了一个洞,他举在手里望了半天,对妻子说,帮我补补吧。

妻子说:别补了,脏兮兮的,值几个钱呀。他笑着摇摇头,讲了关于这个袋子的一些事情和好处。妻子打量了他半天,说:你老了。

老了?我才35岁呢。

对,老了。你不再讲排场和面子,也不在乎别人的眼光,而是追求实用,追求随意,心态平和,这是一种成熟的老。

他知道妻子的话有些道理,但依然在心里忍不住郁闷地想:我怎么就老了,时间都去哪儿了?

水缸里的月亮

等明天我带你到我家嘛,我一定换上一个大水缸。

——倮倮《水缸里的月亮》

对面的楼顶,响起了哗啦哗啦的流水声。阿细又要洗澡了。我、小武、和尚三人激动地挤在窗前,抻长脖子,屏声敛息地等待着。

皎洁的月光,照着城中村的睡梦,还有远处的山川、河流。阿细披着浴巾,秀发赤足,踩着细碎的月光,向水缸走去。在水缸边,她褪下浴巾的一刹那,我们眼前仿佛划过一道白光,白晃晃的,亮得刺眼,瞬间击中了我们。

月光下,鲜花怒放,芳香在夜空里弥漫。

我们揉了揉眼睛,仔细再看,阿细已经坐在水缸里。坐在水缸里的阿细,轻扭着玲珑曼妙的胴体,隐隐约约,像一个俏月亮。水摇摇摆摆,荡漾四溢,水珠坠在地上,溅起一地清冽银碎的星子。阿细的头顶,夜幕蓝玉般深邃,月亮像嫦娥的乳房一样鲜明地凸立着,隐隐地跳跃在衣衫之下,颤巍巍地,让人恍若闻到了奶汁的芬芳。

我们三人趴在窗沿,如痴如醉,亢奋不已。

那年,我二十出头,迷恋写诗,在天河城的地下隧道里摆地摊儿。诗歌没法按斤两出售,但我还是发挥了写诗的特长,在自己卖新潮避孕套的地摊前写了一句话:"我们的生活戴套套。"

我对小武、和尚说，大俗即雅，这是行为艺术，不是你们能比的。小武是个画家，蹲在隧道里给人画肖像，画一张五块钱，收入微薄，还不时要补贴贵州老家读书的弟弟妹妹。和尚剃个光头，流浪歌手，虽然卖艺不卖身，靠别人施舍过日子，但远比我们富裕。和尚的父亲是内地的一个副市长。隧道三结义。我们亲如兄弟，合伙住在城中村的一间出租屋里。

在荷尔蒙燃烧的午夜，我们发现了对面的阿细。阿细租住在楼顶的天台小屋，月圆之夜，喜欢水缸浴。这个发现，让我们兴奋异常。关于阿细，我们讨论过很多，比如那口水缸从哪里来的，怎么弄上九楼楼顶的；比如阿细水缸浴为什么只选在月圆之夜，用的是冷水还是热水；比如阿细哪儿的人，多大啦，有没有男朋友。东方发白，我们的口水依然在飞，烟头满地。

每天，阿细回来都很晚。我们三人轮流蹲守。只要阿细一出现，就会有人推醒其他两人：喂，喂，醒醒，春天来了！

对，阿细就是我们的春天。

有一次，小武弄了一架望远镜，对着对面的楼顶机关枪一样扫射，得意地说，老子要让你水落石出。和尚一把夺了过来，直接从十楼的窗口扔了下去，愤怒地骂道，无耻。小武无辜地看着我。我也恶狠狠地说，无耻。

不可否认，我们三人同时爱上了阿细。阿细在一家酒楼做部长，来自西南边陲，老家有水缸月浴的风俗。我们对阿细亲如胞妹，且一度打趣道，如果阿细愿意，我们就共用一个老婆，有福同享，兄弟嘛。

那绝对不行。阿细轻咬着嘴唇，否定了我们荒诞的想法。她说，一个人怎么可能同时坐进三口水缸呢。

那怎么办？

阿细低着头，沉默了半天，纠结地说，我也不知道，你们自己商量吧。

商量？太荒唐了。那天，我们破天荒没有出工，窝在出租屋里喝酒。三个人都喝得酩酊大醉。小武摇着和尚的胳膊说，阿细是不是好姑娘？

是。

是好姑娘，我们就得让她幸福，对啵？

对。

小武指了指自己，又指了指我，最后指着和尚说，我们三人，只有你有条件让阿细用上浴缸，带电动按摩的那种，半个房间大，对啵？

和尚不说话，眼泪流了下来。我们三人抱头痛哭。

阿细却不同意，认为不公平。她说，我给你们出一道题吧，你们不是偷看过我洗澡吗？就以《水缸里的月亮》为题，依照你们的专长，各自给我写一首诗，画一幅画，唱一首歌。我中意你们哪个作品，就嫁给谁。

考试招亲。

和尚偷偷把我拉到一旁，问，我们是兄弟么？

是，刎颈之交的兄弟。

和尚继续道，按照家庭条件，我们以后找老婆不难，只是小武……

最后，阿细嫁给了小武。阿细说，在小武的画里，我感受到了他的心，感受到了自己是他心目中的月亮女神。

小武带阿细回贵州老家完婚后，就再也没有露面。和尚在外晃荡了几年，终于听从了做副市长的父亲的安排，回内地开了一家房地产公司。只有我，还在广州做老本行，不过地摊早升级成了一间门面不小的批发店。

　　月色妩媚之夜,我常伫立窗前,望着对面空空如也的楼顶,想起小武,想起和尚,想起"隧道三结义",想起月光下的那口水缸以及水缸里那个轻轻扭动的俏月亮。

马不停蹄的忧伤

远方的世界有着一位姑娘和美好前程等着你,可爱的男孩!
——黄舒骏《马不停蹄的忧伤》

它们相遇,是在月亮湖,在那个仲夏之夜。

仲夏之夜,月亮湖,像天上那弯明月忧伤的影子,静静地泊在腾格里沙漠的怀抱里。清澈澄净的湖面上,微风过处,银光四溢。它站在湖边,望着湖里自己的倒影发呆。它是一匹雄性野马。

野马即将掉头离去时,听见身后传来一阵嘚嘚的马蹄声。一匹母马在离它不远的地方止住脚步,呼吸急促,目光异样地望着自己。银色的月光下,野马惊呆了——这是一匹俊美健硕的母马,通身雪白,鬃发飘逸。母马的眼里,一团欲火,正在恣意地燃烧。

野马朝母马大胆地奔了过去。它们没有说一句话,只有无休无止的缠绵。这时,任何话都是多余的。

天地之间顿时暗淡,月亮羞红着脸,躲在云彩后面不肯出来。当月亮再一次露出小脸儿时,野马和母马已经肩并肩,在湖边小径上散步,彼此说着悄悄话。

母马问,你家住哪儿?

野马叹了口气,幽幽地说,我无家可归,被父亲赶出来了。你瞧我身上,伤痕累累。

母马目光湿润,说,去我那里吧,我家有吃有住,主人可好

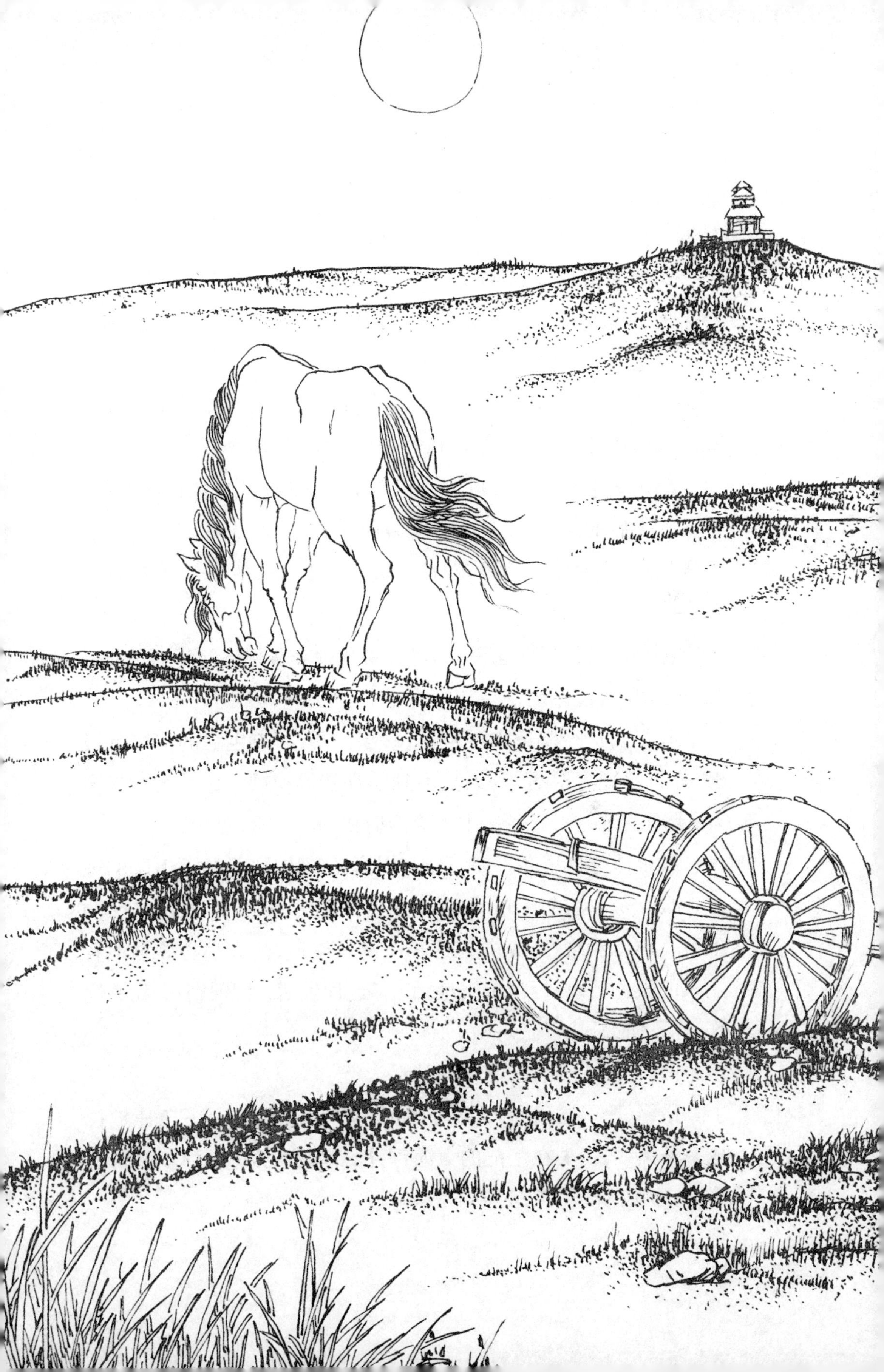

了。

野马没有吱声，目光越过湖面，怅然地望着远处的沙漠。远处的沙漠，在如水的月光下，舒展绵延开来，直抵天际。

第二天清晨，巴勒图发现失踪一夜的母马竟然自行回来了，还带回一匹高大威猛的公野马。两匹马一前一后，迈着小碎步，耳鬓厮磨，乖乖地进了马厩。巴勒图乐坏了，激动地对旁人说，它要是和我家的母马配种，产下的马驹子，那可是正统的汗血宝马。到时候养大了，献给沐王爷，我就当官发财了。

巴勒图把野马当宝贝一样精心喂养，连做梦都笑出了声。

三天后的深夜，又是一轮明月浮在大漠之上。野马站在马厩的栅栏边，望着屋外的漫天黄沙，饱含泪水。母马小心地问，你在想家？

不是。我不习惯这里，不堪忍受这种养尊处优的生活。我已经下定决心，带你走。

我不去！沙漠里太艰苦了，一年四季，一点生活的保障都没有，无论是寒冬酷暑，一天找不到吃食就得挨饿。你看我这里多好，干净卫生，一日三餐，主人会定时供应。

我承认你这里条件是不错。但真正的快乐，是马不停蹄的理想，是天马行空的自由，是奔跑在蓝天白云下，尽情地做自己的上帝。你看看现在，豢养在这小小的马厩里，整天小心翼翼地看主人的眼色行事，行尸走肉地活着。这种生活，让我忧伤。我的忧伤，你不懂……

两匹马互不相让，争吵不休。

最终，野马推开母马，挣脱缰绳，冲出马厩，在月下急速地拉成一条黑线，消失在茫茫的大漠深处。它的身后，母马呜咽着，咆哮着，凄厉的嘶鸣声，久久不散。

近百年后的一个午夜,东莞城中村的一间出租屋里,一个叫夏阳的单身男人翻阅《阿拉善左旗志》时,读到一段这样的文字:

中华民国三年仲夏,巴彦浩特镇巴勒图家一母马发情难耐,深夜出逃于野。翌日晨,携一普氏雄性野马返家,轰动一时。三天后,野马冲出马厩,不告而别。数月后,母马产下一汗血宝马驹,然宝驹长大,终日对望月亮湖,形销骨立,郁郁而亡。

读到此处,夏阳已是泪流满面。他坐在阳台上,遥望北方幽蓝的夜空,久久地,一动不动。他手里的烟头,明明灭灭。

一地烟头后,他掏出手机,拨通了一个电话号码。他说,你还好吗?我……我想回家。

电话那头,迟疑了一会儿,响起一个凄凉的声音,你不是说,你的忧伤,我不懂吗?

夏阳孩子般呜呜地哭了。他哽咽着说,都三十年了,你居然还记得那句话啊。我老了,也累了。现在,我好想回到你的身边……他不能想象那匹旷野深处的雄性野马,垂暮之年是否真的还不思回头?

电话那头,泣不成声。

乡　愁

年深外境犹吾境,日久他乡即故乡。

——雷佳《乡愁》

我不知道他叫什么,暂且叫他小吴吧。

第一次盘问小吴,真不能确定他在我眼皮底下多久了。偌大的天安门广场,游客络绎不绝,人头泱泱如过江之鲫。大家背对巍峨的城楼,无不在忙着摄影留念,"茄子"声此起彼伏。小吴不是这样。他到处转悠,瞅瞅这个,看看那个,时不时还支棱起一对耳朵,像一条狗一样撵在人家身后,偷听人家在讲些什么。

形迹可疑。

我作为广场的巡逻人员,截住他,问,你干吗?

他捏着衣角,嗫嚅道,我在丰台那边打工。

我是问你来天安门广场想干吗?

没干吗呀。

老实点,我注意你不是一回两回了,你老盯着人家游客干吗?

我……我在找人。

找谁?

找老乡。我来北京三年,还没遇到一个老乡。

我鼻子一酸,拍了拍小吴的肩,叮嘱道,注意点形象,别太露骨,更不准妨碍人家。

他眼里汪着泪,点点头。

天安门广场,草原一样广袤,来自祖国四面八方的人群,河流一般朝这里涌来。黄昏时候,夕阳之下,人流涌得愈加湍急。小吴迎着无数面孔走去,仔细辨别暮色下的每一张面孔,每一句方言。

夜深了,广场上游客稀疏,灯火慵懒,小吴拖着疲惫的身躯,追上了20路公交车。公交车从我跟前一闪而过时,我看见小吴抓着吊环,挤在一群人中间,眼里满是恋恋不舍。

小吴来的时间很固定。每个星期天早上,换乘三趟公交车来,晚上又换乘三趟车回去。我巡逻时经常遇到他,有时会问,找到了吗?他总是一脸黯然。

有一次,我发现他神情大异,跟着一个旅行团很久,最后还是悄悄地离开了。我问他,不是吗?他失望地答道,不是,是隔壁那个县的。

隔壁那个县也是老乡啊。

他摇了摇头,固执地说,连一个县都不是,能算是老乡吗?

我安慰他说,实在是想家了,就回去看看吧。

他冷笑道,回家?我爹在山上打石头被炸死了,那个女人改嫁去了外省,哪有什么家?说完,撇开两条瘦腿,消失在人海中。

小吴找到按照他定义的老乡,是在一个下午。远远地,我看见他和一个夹着公文包的中年男人在国旗下拉扯。我立即赶了过去。小吴看见我,激动地说,他是我老乡,绝对的老乡!

那中年男人甩开小吴的手,整了整领带,呵斥道,老乡?谁和你是老乡,老子北京人!

小吴说,你要赖,你刚才打电话说家乡话,我听出来了,你是我们县城的。

中年男人厌恶地挥了挥手,骂道,神经病。白晃晃的太阳下,小吴单薄的身体晃了一下。

这件事后,我很长时间没有看见小吴在眼皮底下转悠了。我心中不禁想,是死心了,还是离开北京了?这孩子,挺好的,时间长了没见,还真让人心里有点挂念。

小吴再一次出现,是带一对老人来看升国旗。这对老人脸色凄苦,衣衫褴褛。我问他,你找到老乡了?

小吴说,没呢。他们是一对聋哑夫妇,东北的,也没有老乡,我就对他们说,我们做老乡吧。

我欣慰地笑了,说,那加我一个吧。

小吴狐疑地问,你?

我看着远方,沉默了一会儿,凄然地说,我在这里巡逻快三年了,也没有一个老乡。

灰姑娘

怎么会迷上你，我在问自己。

——郑钧《灰姑娘》

这是一段从赣州到井冈山的高速公路。

时间已过去了好几年，之所以记忆犹新，是因为这段路上，曾经演绎了一场我和李桂花的爱情故事。呵呵，你别笑，我知道爱情这玩意儿极其奢侈，但在那个寒冷的深夜，我渴望着一种温暖，以及温暖的包围。

那个寒冷的深夜，四野里崇山峻岭，黑灯瞎火，我驾着车在这段路上独行。一家加油站孤零零地卧在路旁。我鬼使神差地拐了进去。

整个油站空无一人。一盏灯弱不禁风地悬在头顶，明一下暗一下，按快门一样，似乎随时都要熄灭。我重重地摁着喇叭，半天，屋里的灯亮了，出来一个睡眼惺忪的姑娘。

山里的夜更冷。姑娘一边搓着冻得通红的小手，一边为我加油。油加满后，她竟然径自回屋去了，坐在收钱的小窗口前，双手合拢，举在嘴边不停地哈着气。

我在车里等她来收钱。等了一会儿，她还是坐在那里。——简直不可思议！我只好苦笑着下了车。

我站在窗口交完钱，却不想走了。借着昏暗的灯光，我发现这个扎着两只羊角辫穿着花棉袄的姑娘其实长得挺标致的。我

搭讪道:"你就不怕我不给钱跑了?"

昏昏欲睡的她顿时惊了一下,像看外星人一样打量着我。

我继续问:"你有没有记我的车牌号码?"

她迷茫地摇了摇头。

"你们加油站就你一个人?"

"是啊!我是临时工,专门帮他们守夜的。"这次,她开口说话了。声音很好听,笨拙的普通话里夹杂着浓郁的乡土气息。

我心里暗自得意,继续我的残忍。我看了看四周,又问:"这里没有装监控摄像头,你又没有记我车牌号码,这前不着村后不着店的,我跑了怎么办?钱你自己垫?你一个月工资多少?"

面对我一连串的问话,她吃惊地看着我,一时语塞。好一会儿,才吞吞吐吐地说:"你要是跑了,我只能自己垫。我一个月工资才350块钱,还不够垫呢。"她说这话时,拧着眉头,一脸焦急的样子,似乎我真的要跑了。她又小声地嘀咕:"怎么会跑呢?"

不得不承认,她拧眉头的表情让我无比心疼。多年后,在我很多个失眠的夜里,她那可爱的表情依然栩栩如生。我知道,那一刻,自己不可救药地爱上了她。

为了让她对我产生好感,我指着我的车问:"你知道这是什么车吗?"

她瞟了一眼我的宝马双门跑车,不以为然地撇着嘴说:"不知道。那么小,多几个人都坐不下,肯定很便宜。"

她的回答让我不仅不生气,反而欣喜无比。这是一个纯净的姑娘,山泉水一样,没经受过任何工业污染。久居都市红尘里的我,怦然心动。我从不敢轻易谈婚论嫁,更早已厌倦浓妆艳抹的缠绵悱恻,这好比天天大鱼大肉惯了,无限向往山野青菜的清香。

是的,第一次上她家时,她父母问我想吃些什么。我当时的回答就是:"青菜,一定要青菜!"

如你所料,后来她成了我的妻,她的名字叫李桂花。

也如你所料,两年后我们离婚了。

离婚时,我给了李桂花一个存折,里面是300万。李桂花接过存折,哭了。我以为她是出于感激,忙说这是自己应该做的,好合好散吧。

李桂花早已不是那个为我加油的姑娘了。她说:"你给我钱有什么用,你把我带到这里来,弄得我现在进退两难。我没什么文化,抱着这堆钱,能做什么?"

我默默地看着她,不由想起那个寒冷的夜晚,那条漫长的高速公路,那个孤零零的加油站……我的心忽地一动,对李桂花说:"我帮你建个加油站!"她想了一下,点头同意。

于是,李桂花的加油站在她老家高速公路旁拔地而起。让当地村民不解的是,装修时李桂花强烈要求装上监控摄像头,要求晚上一定得灯火通明,还组建了一支保安队伍。

两年后,又是一个寒冷的深夜,当我经过李桂花的加油站时,特意拐了进去。灯光虽然明亮了许多,但依然冷冷清清,空无一人。摁了半天的喇叭,跑出来一个睡眼惺忪的姑娘,一切恍若我和李桂花初识的那个夜晚。

我抬眼瞅了瞅满是灰尘的蔫头耷脑的摄像头,没说话,也没下车。那姑娘拦在车前,等我给了钱,才让开了身。

我把车停在油站的广场边,下了车,站在黑暗里,心事重重地吸着烟。一个女人的声音在车里不耐烦地催道:"走吧,有什么好看的,冷死了!"

我回头答道:"我想多待会儿,呼吸一下这里的空气。"

关于我爱你

活着最寂寞。

——张悬《关于我爱你》

我说,你干脆嫁给我得了。

温小刀抬起头,吃惊地看着我,看了一会儿,说,好。

我没想到她竟然会答应,而且如此爽快。我抬手摸了摸自己的鼻子,想找点儿话说,却一时不知该说什么好。

温小刀别转头,目光越过我的头顶,木然地看着窗外的蓝天白云。

气氛有些尴尬。

还是温小刀率先打破了沉默。她拿起我开给她的处方笺,略带歉意地说,要不,我先去药房抓药?

我如释重负地点了点头,甚至语无伦次,说了一个医生不该说的话:走好,欢迎常来。

温小刀闻言,停在门口回转头看我,掩嘴笑了。一朵娇艳的梨花,扑哧一声,在她苍白的脸上闪了一下。

新婚之夜,我趁她心情愉悦,问她当时怎么会那么爽快地答应我。

她咯咯地笑,笑个不止,像只小母鸡一样在我怀里乱颤。她说,其实什么都没想,傻子才想那么多。婚姻这玩意儿,说到底,就是一场前程未卜的豪赌,和谁赌不是赌?不如干脆赌大点儿,赌个一锤定音！

温小刀又往我怀里拱了拱，紧紧地搂住我，揶揄道，哦，对了，大哥您尊姓大名？

我彻底感受到了什么叫人生的失败。

温小刀是个病秧子，很多人不得的病她都有，比如慢性支气管炎、胃病、风湿性心肌炎。显然，她是把药片当饭吃长大的。我大学毕业后在这家医院工作了三年，这三年里，温小刀几乎三天两头地来找我。那天，我站在诊室的窗前，看着楼下花园里又是一春的绿肥红瘦时，突然莫名地伤感，我对自己说，我该有个家了。这时，温小刀推门进来看病，看完，我就对她说了那句话。其实，我说那句话时，完全是无聊，那时的温小刀在我眼里，只是我一个长年的病人，一个异性的符号。甚至，她是否成家了，她是何方人士，父母是否健在，她的经济条件如何，她的病会不会影响生育，她睡觉前洗不洗脚，诸如这些，我一无所知，根本没去了解。

温小刀从一个病人升级为医生家属后，我们在经济上AA制，每晚共躺在一张床上，偶尔在一个锅里吃饭，其他的和婚前没任何区别。她依然经常来找我看病，像其他病人一样挂号排队，只是看完病，有时会问一句，晚上回来吃吗？我对她的了解，也仅仅多了一条而已：她是个公务员，在一个政府部门上班。其他的，我就一问三不知了，也懒得去打听。这些已经客观存在的事实，不会因为我的关注而改变。所以我没必要去浪费宝贵的时间。在东莞这座城市，男人要忙的事儿太多了。

一天早上，我像往日一样夹着公文包，正准备换鞋出门去上班，这时，赖在床上的温小刀突然叫住我：亲爱的，你就没发现我最近有什么不同吗？

温小刀的话把我问住了,我站在鞋柜前想了半天,最后还是老老实实地摇了摇头。

温小刀兴高采烈地说:我都快一个月没去医院找你看病了,我想我的病应该是好了。

我仔细想了想,一拍脑袋,说:对呀!这是天大的好事儿,我们应该找个地儿好好庆祝一下。

那天,为了庆祝温小刀身体痊愈,我请假陪她去了大岭山国家森林公园。在一片青山秀水间,温小刀异常兴奋,露出了孩子般天真的笑容,我不失时机地摁下了相机的快门。我第一次发现,温小刀其实长得挺漂亮的,俊俏的脸蛋、高挑的身材、修长的大腿,整个一美人。

吃完晚饭下山时,天色渐渐暗了下来。狭窄的山路上,不见一个人影。各种不知名的动物在森林深处发出凄厉的鸣叫,让人听了毛骨悚然。温小刀紧紧地攥住我的手,嘴里不时埋怨我不该耽误到这么晚。

我撇撇嘴,说,就这点破山路,手心都吓出汗了,至于吗?

山风起了,孤魂野鬼般,在空荡荡的山坳里呜呜作响。温小刀吓得再也不敢吱声。她死命地搂着我的腰,好像我是一只老鹰,随时都可以带她一起飞走。

我们的身影团在一起,在坑坑洼洼的山路上跌跌撞撞。

这时,我偶尔一抬头,发现前面的山路中间,停着几头黑魆魆的庞然大物,好像是在专门等我们。我吓得魂飞魄散,赶紧拉着温小刀转身往回跑。我们一边跑,一边回头看,那几头庞然大物竟然在追赶我们。温小刀吓得差点哭出声来,没跑几步,脚下不知被什么绊了一下,一个趔趄绊倒在地。那几头庞然大物立刻撵了上来,把我们围在当中,不停地转圈儿玩。我双腿一软,吓瘫在地上。

庞然大物一共有四头,通体黑色,头小嘴尖,长着长长的獠牙,脊背上的鬃毛刚硬如针。是野猪,我们装死吧。我对温小刀小声吩咐道。

温小刀反而清醒了许多,大声嚷道,你以为它们是狗熊呀!装死会完蛋的。说着,她竟然自己站了起来,把我护在脚下,对着野猪诡秘一笑。然后,使出了让我终生难忘的动作:她双手握拳,反在身后,踮着脚跟,直竖脖子,仰面朝天,整个身体如一张弓紧绷着,在朦胧的夜色里,成了一幅黑白分明的剪影。

嗷——嗷——

她突然狂吼起来,野狼一般地瘆人。

嗷——嗷——

山谷里传来了连绵的回音。

四头野猪吓得赶紧退了几步,又相互看了看,然后各顾各地扭头狂奔。

嗷——嗷——

温小刀依然锐叫不止。

野猪跑得没影了。温小刀用脚踢了踢瘫在地上的我,说,嘿,我们回吧。

我满脸羞愧地爬了起来,一把抱住温小刀,捧着她的脸,鸡啄米一样狂吻不止,同时嘴里禁不住喃喃自语:我爱你!我爱你,亲爱的!

温小刀身子一颤,软绵绵地蜷在我怀里,眼中的泪,泉水一般无声地涌了出来。

这时,我才发现,她的身上,早被汗水浸透了。

寂寞先生

我可以无所谓，寂寞却一直在掉眼泪。人类除了擅长颓废，做了什么都不对。

——曹格《寂寞先生》

房间里有一张贵妃椅，曲线玲珑。一个穿黑色蕾丝裙的女人，香肩，长腿，斜卧在那里，同样曲线玲珑。

男人盘腿坐在床上，静静地吸烟。

他们中间，隔着一方小茶几。茶几上，一杯茶香气袅袅。茶是绿茶，碧螺春，在透明的玻璃杯中恣意行走，舒展着自己曼妙的身体，亦如眼前这个年轻漂亮的女人。

女人侧着身子，单手支着下巴，目光灼热地望着男人。男人却视若无睹，老僧入定一般坐在那里，从口袋里又摸出一支烟。

别老抽烟了，你说话嘛。女人的声音很好听，绵软润滑，有酥糖的味道。男人的眸子闪了一下，瞅着女人，兴奋地问，你去过寺庙吗？

女人的目光暗了下去，嘴里嘟囔道，每天忙得要死，哪有空去那个地方。

我昨天到你这里的开福寺。开福，这个名字真好。你不知道，我现在逢庙必进，遇菩萨就磕头。

为什么呢？女人好奇地问。

男人点燃手中的烟，吐着烟圈，悠悠地说，可以使内心安静。

安静？可我觉得大哥不太快乐呢。

是寂寞，内心的寂寞。男人有气无力地纠正道。

寂寞？那大哥还坐那儿干吗呢？嫌小妹长得丑？

不是。男人昂起头，望着天花板垂下的吊灯，微笑着说，自从我老婆车祸走了以后，我便对女人不感兴趣了。

女人换了个姿势，半躺在贵妃椅上。她伸手问男人要了一支烟，一边抽，一边望着头顶的天花板发呆。

男人继续抽烟，继续微笑着望着吊灯，似乎沉浸在过去某种幸福的回忆里。不到两米远的距离，女人的唇上也升腾起一朵云，在柔和的灯光下舞姿婀娜，却孤单落寞。

男人继续说道，其实我以前并不富裕，在钢铁厂炼钢，一个普通工人，靠工资养活两张嘴。那时老婆还在，日子过得很平淡，并没有觉得有啥特别的。现在老婆没了，才知道自己身在福中不知福，才知道以前的日子是多么的美气。老婆走时，连一句话都来不及留下，只留下一大堆的钱。呵呵，我不知道自己守着这些钱有什么用。男人从容淡定，好像在讲述别人的故事。

女人忍不住笑了，揶揄道，编吧，继续编，还留下一大堆的钱，一个炼钢工人的老婆私藏巨款了不成？

男人轻蔑地摇了摇头，表示对女人的智商很不满意。转而，男人得意地解释道，是肇事者和医院给的。

女人掐灭烟蒂，好奇地问，肇事者赔钱还好理解，医院为什么也给你钱？救治不及时？

不是，我老婆在撞车那一刹那就死了，和医院无关。是医院看中了她的身体，说作为人体标本有科学研究价值。他们用了非常高端的技术，一直以来把我老婆的身体保存得完好如初。

现在,她作为一个艺术作品,被陈列在大连一家科学馆里,名字叫"惊鸿"。

女人突然问,你老婆当时怀孕六个月了,对不对?

男人闻言禁不住身体抖了一下,吃惊地望着女人,问,你是怎么知道的?

女人叹了口气,回答道,我在一本杂志上看过,是一个摄影图片,名字叫"惊鸿",里面的那个女人应该就是你老婆。她那吃惊的目光,让我过目难忘。

男人眼里窝着泪,说,当初,如果当初她像其他女人一样正常走了,火化了,烧成灰,抛入大江大河,或者装进骨灰盒埋进土里,我可能顶多伤心两三年,重新找个合适的过日子。可是她偏偏还在人世间,在科学馆里,像活的一样,让我无法摆脱。你不知道我这二十多年来是怎么过的,暗无天日,孤魂野鬼一样,像一个死人。我真后悔当初贪恋那些钱,把她卖给了医院。我现在只有到处烧香拜佛,请求菩萨宽恕自己的罪过……

女人犹犹豫豫地说,我把这图片贴在床头,已经好几年了。其实,我最喜欢看的是你老婆鼓起的肚子,虽然表面看不到什么,却可以感受到里面的孩子在呼吸,在轻轻地呼吸。

说到孩子,男人终于动容了,双手捂着脸啜泣不止。男人哽咽道,如果这孩子活了下来,也是你这般大了,如果是一个女孩,该多好啊,肯定也会有你这样漂亮。

男人说完,扬起脸去看女人。对面的贵妃椅上安安静静,渺无人影。男人像不相信似的,擦了擦眼泪,起身把灯光调亮,发现贵妃椅上空空如也,再仔细检查了一番,原来整个房间确实没有其他人来过。而茶几上,那杯碧螺春,依然绿意盎然,尚存余温。

就在这时,男人才发现自己手里一直攥着一张卡片,上面有一个年轻漂亮的女人,穿黑色蕾丝裙,香肩,长腿,斜卧在一张贵妃椅上,曲线玲珑,目光灼热。男人终于想起来了,这卡片是晚饭后回酒店,打开房门时在地毯上发现的。

　　男人重新盘腿坐在床上,犹豫了一会儿,掏出手机,对着卡片上的电话打了过去。男人说,我只想聊天,行吗?

露天电影院

城市里再也没有露天的电影院,我再也看不到屏幕的反面。

——郁冬《露天电影院》

天堂电影院,位于幸福镇最繁华的十字路口。电影院的生意很冷清,除了几对年轻的情侣在里面卿卿我我外,镇民一般都窝在家里看电视。可是,电影院依然是全镇人们关注的焦点,因为这里频频上演跳楼秀。

第一个要跳楼的是电影院的老板桑布。

桑布凌空站在电影院楼顶的墙栏上,一脚迈开,即可和蓝天白云融为一体。他手舞足蹈,对着天空破口大骂,慷慨激昂中,身子时不时地一栽一倾,惊得地面上一片大呼小叫。

时值黄昏,下班的高峰期,马路堵得水泄不通。开始还有司机不停地摁着喇叭,摁久了,索性锁上车,自己也跟着去看热闹。看热闹的真不少,黑压压的一大片人头,大家都伸着个脖颈向上望去,如一群嗷嗷待哺的雏鸟。

楼下撑起了救生充气垫,一大帮警察忙得满头大汗。电视台的记者也赶到事发地,进行现场直播。不少附近的居民通过电视得知消息,赶庙会一样纷纷往这边涌。

但最终还是没有跳。胖镇长气喘吁吁地赶到后,站在楼下用喇叭喊话,喊了半天,桑布自个儿乖乖地下去了。这时,大家

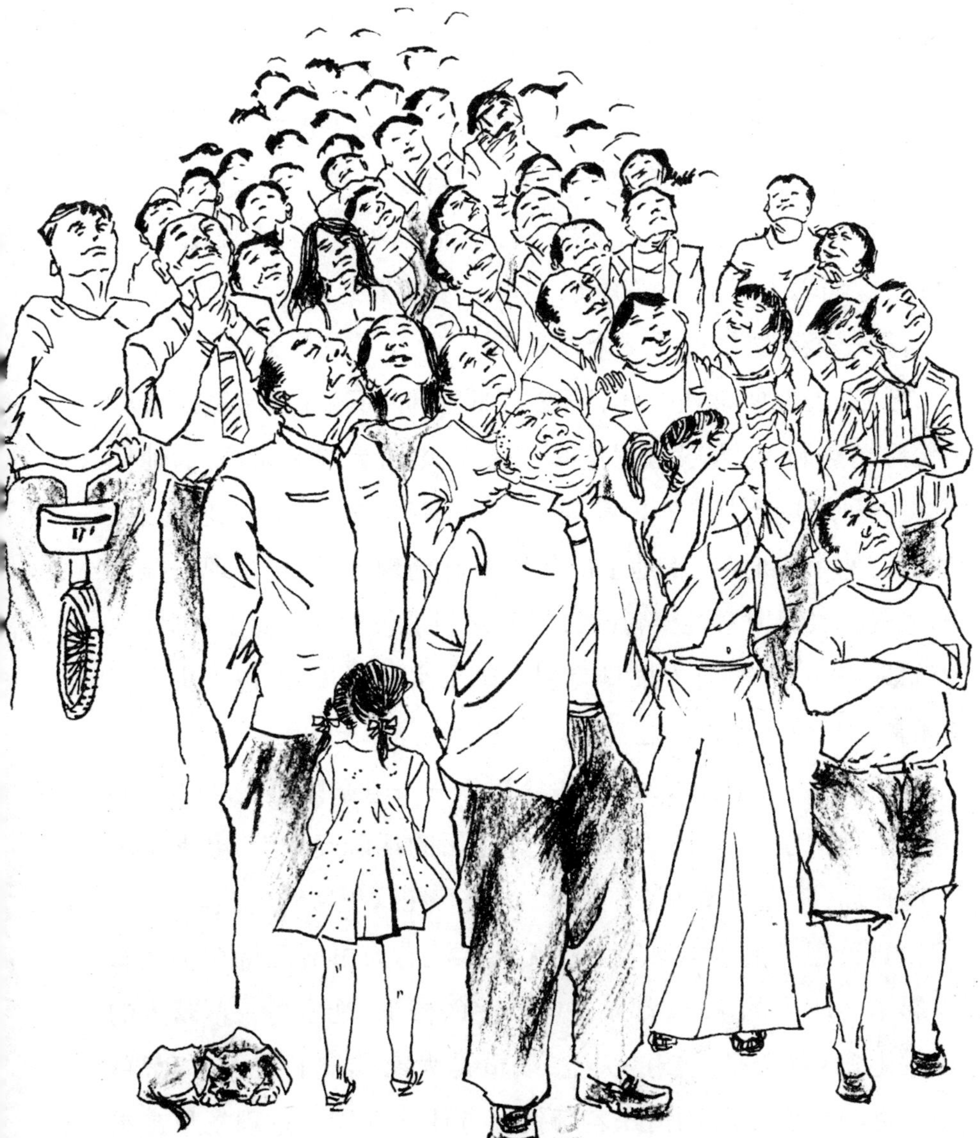

才明白是怎么回事。原来这里要建国际商贸中心,电影院属于拆迁户。拆迁办逼急了,桑布只好站在楼顶上以死相挟。桑布对胖镇长骂道,幸福镇,没有电影院,还谈狗屁幸福呀!胖镇长撇撇嘴儿,对桑布说,当着全镇人们的面,我答应你,你不同意拆,没人敢动你的电影院。

第二个要跳楼的是一个失恋的男子。

同样是交通堵塞,观者如潮。电视台也做了现场直播。折腾了半天,也没有跳。事情的结尾,像一幕喜剧。男子的女朋友赶到现场,感动得泪水盈盈,当场答应嫁给他。两个人一个楼顶,一个地面,像隔着天河的牛郎织女,一口一个亲爱的。

第三个要跳楼的是一个外来工。

外来工像要杂技一样,跷着二郎腿,仰面躺在巴掌宽的墙栏上,目光空洞,诗人般遥望苍穹。这次,电视台没有来添乱,他们觉得这种新闻不新了。但围观的人群依然热度不减,交通依然大拥堵。两个小时后,工地上的包工头赶到现场,当场兑现了拖欠的工资。人们把对跳楼者的失望转移到了包工头的身上,围住他愤怒地声讨,不时有人掷臭鸡蛋和矿泉水瓶。最后,包工头在警察的保护下,才得以逃之夭夭。

仿佛在一夜之间,镇民如梦初醒——电影院是一块跳楼的风水宝地。也难怪,在一大片被拆迁后的瓦砾废墟上,电影院像一座孤岛,兀立在镇中心。从此,跳楼秀在这里频频上演。

真正意义上的电影院空荡无人,没有人再愿意待在里面看电影了。所有的镇民,都站在电影院的楼下,观看另一幕露天的巨幅电影:幕布是辽阔的天空,演员是大家熟知的左邻右舍,草根生活,真情演绎,剧情跌宕起伏。有什么电影比这现场目击更刺激更生猛更惊心动魄?

日子太枯燥乏味了,每天按部就班,上班、下班、睡觉,波澜不兴。但现在大不一样了。自从电影院那里出现跳楼后,全镇的人们像嗑了药一样兴奋异常,觉得过日子有盼头,觉得真正的幸福生活降临了。每到黄昏,大家仿佛回到了当年露天电影院时代,或站,或靠,或蹲,还有人端个小马扎,兴致勃勃地坐在马路中央嗑瓜子,也有民工铺上几张报纸睡在树下,睡前,对爬在树上的同伴叮嘱道:跳时,记得叫我。

剧情确实很火爆,各路人马披挂上阵,花样迭出,令人目不暇接:兄弟火并的,公司破产的,官场失意的,父母离异的,被老公抛弃的,无人养老的,高考落榜的,遭打击报复的……甚至,丢失小猫小狗的,也跑来凑个热闹。

电影院上空的露天电影,彻底改变了幸福镇人们的生活。

首先,镇中心的交通常常处于瘫痪状态,马路上经常是十里长龙。有的士司机抱着侥幸的心理,给电台的交通频道打电话:我正拉一个客人去机场,赶时间,请问电影院那边今天有没有人跳楼啊?

其次,社会人际关系变得更加和谐,每个人都是一张小心翼翼的笑脸。父母不敢吵架了,孩子不敢贪玩了,丈夫不敢彻夜不归了,工厂不敢拖欠工资了,上级不敢刁难下属了,隔壁邻居不敢斤斤计较了。但即便如此,跳楼者依然层出不穷。

最后,镇民茶余饭后的谈资,往往是昨天剧情的分析,幕后爆料,或者预测下一场的走势。不少人为此打赌。甲说,你猜下一个会不会跳?乙说,不会,已经接连跳了两个,按照上周的行情分析,这次会出现反弹。甲说,扯淡,你以为是股票呀。乙说,不信,那我们就赌。甲说,赌就赌,赌一扎鲜啤如何?乙说,好,一言为定!说完,两个人伸出手掌,啪地击在一起。

桑布做梦都没有想到，自己为了捍卫电影院，却催生了楼顶上的跳楼狂潮。而且，还开创了一个前所未有的黄金时代，轰轰烈烈，露天电影院大片连环不断。桑布一气之下，把通往楼顶的过道封死了，但依然有人沿着下水管攀缘而上。桑布又把下水管拆掉了，但还是有人沿窗户像猴子一样往上蹿，蹿到楼顶，露出胜利的微笑，向底下万民挥手示意。桑布彻底绝望了。

某个清晨，电影院的楼顶，露天电影院上映了最后一幕——

桑布微笑着从楼顶一跃而下。他的身后，悬挂着一条黑底白字的条幅：镇长，拆吧。

晨光熹微，没有一名观众。

青 春

在那遥远的春色里我遇到了盛开的她，洋溢着炫目的光华像一个美丽童话。

——老狼《青春》

第一次见到苏三，我清清楚楚地记得，是1904年春天的一个下午。

那个下午，红棉街两边的木棉花怒放，一树一树的橙红，燃烧着整个石龙城。

我照例去小学堂看表哥。

每次，我都不进去，隐在门口的树后，静静地听里面的孩子书声琅琅。我还会踮起脚尖，透过木棂窗，张望表哥在黑板上奋笔疾书的身影。

表哥是我梦里的人。

小学堂在竹器街上。竹器街商铺鳞次栉比，卖的是各式竹篾制品。医院今天休假，我顺着人流，像一尾鱼儿一样在竹器街的青石板上游来游去。往前再走一步，就离学堂近了一步，离我心爱的人儿近了一步。我越往前走，越害怕又一次扑空，好几天没看见他的身影了，学堂刚刚成立，他忙呢。

阳光透过街两边各种林立的招牌、骑墙和窗门，稀疏有致，暖融融地在狭窄的街面上画着图案。远处，隐约传来东江江面上船工春天般悠长的号子声。

这时,我无意中看到了苏三。

苏三精瘦,个小,像一只泥猴儿。他可能比我小几岁,在一家竹椅店里当学徒。

我看见他时,他正抱着一对竹椅腿儿在火上烧烤定型。很显然,苏三技艺不精,招来旁边的师傅一顿数落。师傅骂得越凶,苏三越手忙脚乱,毫无章法,气得师傅一把夺下他手里的活儿自己忙开了。苏三满头大汗,一脸尴尬地侍立一旁。

苏三师傅的数落像唱戏一样好听,抑扬顿挫间,时而火车隆隆般气吞山河,时而苍蝇嗡嗡般幽咽低语。我从没见过如此会骂人的男人。我站在店门口,像看戏一样,被深深地吸引了。

我从没意识到,仅仅这一下逗留,竟然改变了我的整个人生。在以后漫长的岁月里,我常常悔恨自己的年少轻狂,我一个名门望族的大家闺秀,一个石龙城叶家的大小姐,一个惠育医院的头牌女护士,竟然会肆无忌惮地站在竹器街一家小店门口,心情愉悦地观赏一个地位卑微的学徒的狼狈相。

我甚至心怀侥幸地想,如果苏三当时没有抬头看我,也许以后的许多故事就不会发生了。可是,苏三最终还是抬头了,一抬头,便顿时像被电击了一般,嘴巴半张着,失态地望着我,呆呆地定格在那里,如一尊雕塑。

他的目光不是呆滞空洞,而是灼热四溅。我清楚地看到,他眼里燎着的那团火,正冒着蓝色的火焰,一寸一寸地,呼呼地直往在我身上蹿,蹿得我满脸绯红,羞赧不已。苏三像不相信似的,用手揉了揉眼睛,仿佛面前站的不是一个惠育医院的女护士,而是琼楼玉宇里下凡的仙女。他的手本来就黑乎乎的,这一揉,揉出了一对熊猫眼,在脏兮兮的脸上惟妙惟肖,让我禁不住一笑……

有些事儿,对我来说也许只是一瞬间,而于对方却是永远。譬如我和苏三的偶然一遇和临别一笑。

不久后的一天,我刚到医院上班,就送来了一个病人。病人左手前臂被利刃所刺,一条半尺多长的伤口鲜血淋漓,深至白骨。一个中年男人不顾病人的惨叫和疼痛,在一旁喋喋不休地骂道:什么人!驴嘴舔不到屁眼儿,篾刀却能割手臂……

听着这熟悉的唱莲花落一般的骂声,我扑哧一下笑了,这不是竹器街竹椅店里那对师徒吗?我留意了一下病历,他的名字叫苏三,和戏台上里那个蒙受冤难的苦命女子同名。一边给他缝针,一边迎对他火辣辣的目光,我想起了自己上次在竹器街的遭遇,感觉有些不自在,脸开始发烫。

缝针后,苏三每天都会来洗伤口,上药膏,换纱布。每次来,他只找我,偶尔我不在,他就老老实实地蹲在门边的角落里等,脸色蜡黄,远远地望去,像一张薄薄的纸。

苏三的伤口很奇怪,反反复复,两三个月了,一直不见愈合的迹象。每次换药,他像一个乖孩子,默不作声,目光如一只蜜蜂,安静地追随着忙碌的我。

我对苏三已经喜欢上我或者爱上我是浑然不知的。我只是觉得他是个苦命的人儿,和戏台上的那个苏三一样值得同情和关怀。甚至,因为苏三学徒的身份,在我眼里,他还只是个大孩子。我承认自己对他的伤口悉心有加,我是受过新式西方医学培训的护士,这是我的职业。

那个黄昏,和以后很多个日子一样,不该来的时候却来了。

那个黄昏,白天的暑热未退,知了依然在窗外永不停歇地鸣唱,让人躁动不安。

同事们都已经下班了,空荡荡的医院只剩下我和苏三。我小心地揭开他伤口上的纱布，发现里面已经溃烂生蛆。我心疼不已，一边叮嘱他要多注意伤口卫生，一边为他细心地清洗伤口。就在我起身去拿药架上的药膏时，苏三突然一把从后面抱住了我，呼吸急促，将他瘦弱的身子紧紧地贴在我的后背上。

面对这突如其来的袭击，我当时吓蒙了，差点尖叫起来。我第一次这样被异性热烈地抱住，第一次听到一个男人的心脏在我后背上剧烈的狂跳，不由一身汗涔涔的。在此之前，我和指腹为婚的表哥连手都没拉过。我止住内心的恐惧和惊悸，努力将自己平静下来。我知道不能去做无谓的反抗。我一动不动，把自己平静成一截冰冷的树桩，许久，我感到这种冰冷慢慢爬进了他的身体，他的手不再是那么强硬有力，而是耷拉松懈了下来。

我轻轻掰开他的手，转过身，对他妩媚一笑，冷冷地说：你也配？

他怔了一下，脸上变形地抽搐着，走了。

就当什么都没发生，还像以前一样，多用点心，争取早日把他的手臂治好——那晚，我不停地洗身子，一边洗一边泪流满面地咒骂苏三祖宗十八代，直到天亮，我才说服了自己。

可是，苏三再也没有来过。

吻 别

前尘往事成云烟,消散在彼此眼前。

——张学友《吻别》

你懂的,所谓夜总会的舞台演出,无非是歌手在台上扭屁股吼几嗓子,然后满场子奔跑讨掌声,外加几个黄段子逗你哈哈一乐。全民娱乐时代就是这样,郭德纲曾经实话实说:你花钱来这里,不就是买开心吗?

杨琴平生第一次去夜总会,却不是买开心,而是纯属无聊。那天,老公的一个大学同学从远方来他们这座城市出差,顺道看望一下他们。用过晚饭后,老公提议陪老同学去夜总会看演出,还多此一举地解释:放心吧,那地方挺干净的。杨琴知道这话是说给自己听的,不置可否地干笑了两声。老同学见她这副表情,便有些尴尬,忙打圆场说,要不嫂子也一块儿去吧?要是以往,杨琴肯定会知趣地摆摆手,说几句旁敲侧击的话,然后继续陷在沙发里,安静得像一只猫,追着看那些没完没了的清宫剧。但是,这次杨琴却像傻大姐一样爽快地应道,好啊。

杨琴贵为一家公司董事长的夫人,尽管去过不少地方,见过不少世面,但演出现场还是让她震撼不小。里面是剧院式装修,富丽堂皇,舞台、灯光、道具、音响应有尽有,极其豪华,有点类似电视台演播大厅的范儿,只是节目俗气了一些,露胳膊露大腿俗气的女孩多了一些而已。想必观众大多是常客,面对一台的五光

十色充耳不闻,不少人忙着低头抠手机,还有不少人相互窃窃私语,有点儿菜市场的喧闹味儿。杨琴的老公和普天下的男人一样,置老婆于一旁不闻不顾,开足马力和老同学猜拳行令,一杯一杯的啤酒瀑布一样往肚里灌,转眼间,桌上便竖起了一堆空瓶子。几百人的场子,似乎只有杨琴一个人神情专注,像一名忠实的粉丝。

小胖的上台,引起了不小的轰动,看得出,他是这家夜总会当红的台柱子。他又矮又胖,飞机头,衣着夸张,一件破了洞的红背心外搭一条花裤衩,裤衩的裤腰戏剧性地卡在胸脯上,几乎是怎么丑就怎么整。更让杨琴惊讶的是,他的嗓音极富磁性,刘欢、刀郎、刘德华,张口就来,像是吃百家饭长大的。同时,小胖的表演极富欣赏性,发嗲、卖骚、装萌,学什么像什么,惟妙惟肖,让观众捧腹大笑。但是,杨琴没有笑,她甚至感到有些心酸。台上三分钟,台下十年功,杨琴感受到了台上的这个男人作为演员,因为先天性条件不足而付出的巨大努力。

小胖唱了两首歌后,开始和观众互动,说:有没有好心的大爷大妈,看在小胖这么卖力的分上,赏一瓶啤酒解解渴?有没有?全场出现了短暂的静音,杨琴犹豫了两秒钟,便拿起桌上的两瓶啤酒朝台上走去。她这样做,一是为了表示支持一下小胖,二是想让身边有些大舌头的老公少喝一些。

小胖见杨琴走上台来,贼眉鼠眼地瞄了两眼,夸张地赞道:还真有人送货上门啊,哇,原来还是个大美女!杨琴矜持地笑了笑。但是,她没想到,众目睽睽之下,就在啤酒交给小胖时彼此交错的一刹那,"噗",小胖亲吻了她一下,透过麦克风的放大音,大家听得真真切切。这一"噗",让杨琴的老公恼羞成怒。他完全不顾《吻别》的背景音乐已经徐徐响起,而是借着酒力当场发飙,一连砸了好几个啤酒瓶,整个大厅乱成一团。训练有素的保安人员立马冲了过来,以他为中心围成一圈,长城一样将他隔离开来。节目只好暂停,经理忙跑过来对着杨琴的老公点头哈腰,赔礼道歉,还答应免单。台上的小胖也连连鞠躬,一个劲地解释道,这只是节目的需要,为了串联下一首歌,而且这样演过好几个晚上了,我只是在做戏,怎么可能真去亲吻女观众呢。

刚才还惊慌失措的观众,逐渐聚拢过来,七嘴八舌,纷纷谴责杨琴老公冲动的行为,甚至还有人撸袖子扬言要打他。杨琴老公的酒劲这时也下来了,有些招架不住,忙给自己找台阶下,他指着台上的杨琴问:你说,你给我说,他到底有没有亲你?

全场鸦雀无声,大家纷纷转过头,目光汇聚在杨琴身上。杨琴愣了一下,转而望着自己的老公,望着望着,委屈的眼泪像河水一样淌了下来,直至泣不成声。

音乐再度响起,人群重又涌动,杨琴像个木偶一样,被老公的同学搀扶着走下了舞台……

因为那次意外,小胖以后的演出,再也没有唱过《吻别》。但有细心的观众发现,偶尔有一个不那么漂亮的女人开着宝马,悄悄地来,悄悄地走,每次都端坐在角落里,神情专注地看着台上小胖的演出,像一名忠实的粉丝。

偶　然

你不必讶异也无须欢欣,在转瞬间消灭了踪影。

——蔡琴《偶然》

偶然,男人把女人的肚子搞大了。非正儿八经的夫妻,摊上这等破事儿,自然是上医院了。

和很多故事的版本一样,女人从手术台下来时,男人不见了,取而代之的是一个陌生的女人。还好,这女人不是男人的老婆,而是男人花钱雇来的月嫂。

女人气咻咻地掏出手机,一边哭一边质问男人,你还有没有人性?我就问你一句,你还有没有人性?公司再忙,也不短你这半天啊……最后,女人彻底恼了,恶狠狠地骂道,混蛋,你去死吧!

女人仰面瘫在座椅上,泣不成声。雇来的月嫂,柔声相劝,以一个过来人的身份。女人一个劲地摇头,虚弱地说,今年,我27岁,真的好想做妈妈,可是养不起,一个人养不起。你不知道,他一直在骗我。

平心而论,男人还没有坏到家。男人确实有事脱不了身。早在两天前,女人告诉男人,和医生约好了今天下午做人流。男人就暗自叫苦不迭,但不敢说不。为了说服女人放弃这个孩子,他可是费了姥姥劲,如果改动时间,女人一旦变卦就麻烦大了。

下午两点,男人笔直地站在手术室门口,一脸温柔。待女人被推进去后,他则一路小跑来到楼下,对中介推荐来的月嫂气喘吁吁地交代了几句,便风驰电掣,驾车狂奔到达市政府。还好,没有迟到。待他刚刚坐定,还来不及擦去满头大汗,招标会准时开始了。

招标会的主要内容是答辩专家评审组的咨询。你懂的,所谓专家咨询,只是走个过场,男人幕后的老板,早把具有决策权的领导搞定了。但是,专家评审组对男人的表现很不满意。男人昔日神色自若妙趣横生的优雅风度荡然无存。男人一身汗涔涔的,像个小学生一样结结巴巴,甚至答非所问。更要命的是,男人中途好几次停顿下来接听手机,让一帮专家非常恼怒。

男人也是迫不得已,他不敢关机。他知道女人的性格,一旦关机,女人说不定会从医院的八楼直接跳下去。男人只能在众目睽睽之下,面对手机用最小的声音嘀咕道,我是公司真有事,你别生气,回去再解释好了。说完,挂断手机,愣怔了几秒钟,一脸歉意地继续阐述专家刚才的提问。还没等男人说上几句,手机又响了,尽管是静音,但嗡嗡的震动声在偌大的会议厅里不绝于耳。男人不得不掐断自己的话,侧过身,猫着腰,对着手机一脸猥琐。如此,反复了好几次,当听到女人在手机那端破口大骂"你混蛋!你去死吧!",男人心一横,真的关机了。男人非常懊悔,为什么不动员女人改个时间,或者不把手机带进会场也不是不可以呀。男人心里无比酸楚,甚至痛苦地想,报应,五年积累下来的报应。

接下来的过程,手机是关机了,但男人的表现还是不尽如人意,心不在焉,疲于应付。一帮专家面面相觑,深感不可思议——一个三千万的市政亮化工程招标会,竟然有人会视为儿戏。

招标会结束,虽然结果还未揭晓,但男人糟糕的表现,让幕后的老板勃然大怒。老板在电话里吼道,混蛋,快到嘴的肥肉,竟然被你搞砸了!

男人摸了摸脸上,感觉火辣辣的。男人能够想象,如果老板站在面前,会毫不迟疑地给他两记耳光。男人支吾了半天,一咬牙,说,对不起,我……我母亲病危,正在医院急救。

老板停顿了一下,但依然严厉地说,作为一个做大事的男人,一个上市公司的老总,这个可以当借口吗?你要知道,为这事儿,我光打点就两百多万。

男人见对方口气有所缓和,便说,一切还没结束,我们还是想办法补救吧。显然,男人的口气有些轻描淡写,把对方激怒了。对方又提高了嗓门,补救?补救个屁呀!

那怎么办?

你去死吧!

很遗憾,一语成谶,男人真的死了。不过,男人的死有些偶然。他在回家的路上,驾车途经东部快速干线时,因车胎突然爆裂而失去控制,坠下高架桥,车毁人亡。

其实,那时男人的心情好了很多。女人小他十几岁,在同一个被窝里滚了五年,不求任何名分,挺不容易的。女人也不是刁蛮无理,否则怎么会答应做人流呢。想想也是,女人从手术台上下来,不见了罪魁祸首,那般孤独无靠的滋味,岂能是一个弱女子承受的?男人想到这些,心里顿时涌起一股柔柔地疼,觉得自己亏欠女人的实在是太多了。

男人同时也想,自己今天的表现确实过于荒唐,老板发发脾气,也是可以理解的。好在一切还没有到覆水难收的绝境,老板的背景那么深,绝对有挽救的余地。要不明天挨个去拜访一下专家评审组成员,私下做点工作,一切将会峰回路转。专家是专家,不是傻子,肯定明白这只是走走过场,最终还是上头说了算。男人发动车时,信心百倍,觉得胜券在握。他路过一家炖品店时,特意打包了一罐热乎乎的鸡汤,想给女人好好补一补。

但是,男人还是死了。男人的死,让两个人在内心深处长久地自责不已。一个是女人。女人回想平日里众多细节,觉得男人是千般万般的好,他肯定是分身无术,有难言之隐,否则真要抛弃自己,完全可以玩消失,而不会专门请来月嫂照顾自己。还有一个是幕后老板。跟了自己多年的兄弟,忠心耿耿,立下过汗马功劳,怎么可能为一点事出有因的过错大发雷霆伤了感情?

男人的死,也让家人无比悲痛。尤其是其母亲,痛不欲生,一急之下心脏病复发,被医院的急救车拉走了。

外面的世界

在很久很久以前,你离开我,去远空翱翔。

——齐秦《外面的世界》

蜜蜂街离丰城县城80里地,没有一粒柏油,街道短而窄,像一截盲肠,隐匿在大山坳里。

街的东头,有一家邮政代办所,门前的阅报栏上,张贴着上个月的《江西日报》;街的西头,是驼背开的杂货店,杂货店也卖汽油,门前蹲着一个硕大的汽油桶,有司机来加油时,驼背会捉住塑料管的另一头,深深地嘬上几口,将油吸上来,接到油箱里。驼背门前有一个三岔路口,从这里右拐,沿一条北去的羊肠小道,翻过两座山,走上15里崎岖的山路,可以看到一座更高的山,山的半腰,烟雾袅袅,几十间黄土砖屋在阳光下若隐若现,呈一片暖色,这便是我的家乡。

我识字后,逢蜜蜂街赶圩时,也喜欢像我的父老乡亲一样,挤在邮政代办所门前,眼睛睁得灯笼大,似懂非懂地,复习脚下这个地球上个月甚至上上个月的满目疮痍。往往是这般情形,洪水即将到来,全城危在旦夕,而事实上,此时彼地,天地逆转,人家正忙于抗旱,水比油还金贵呢,或者,我们正在为国足主教练的信誓旦旦而亢奋不已时,其实他早一败涂地,卷铺盖滚蛋了。在驼背的门口,我也是多次逗留,像所有的孩子一样,望着里面的五颜六色,眼巴巴地,馋得不行。但是很快,我便失去了

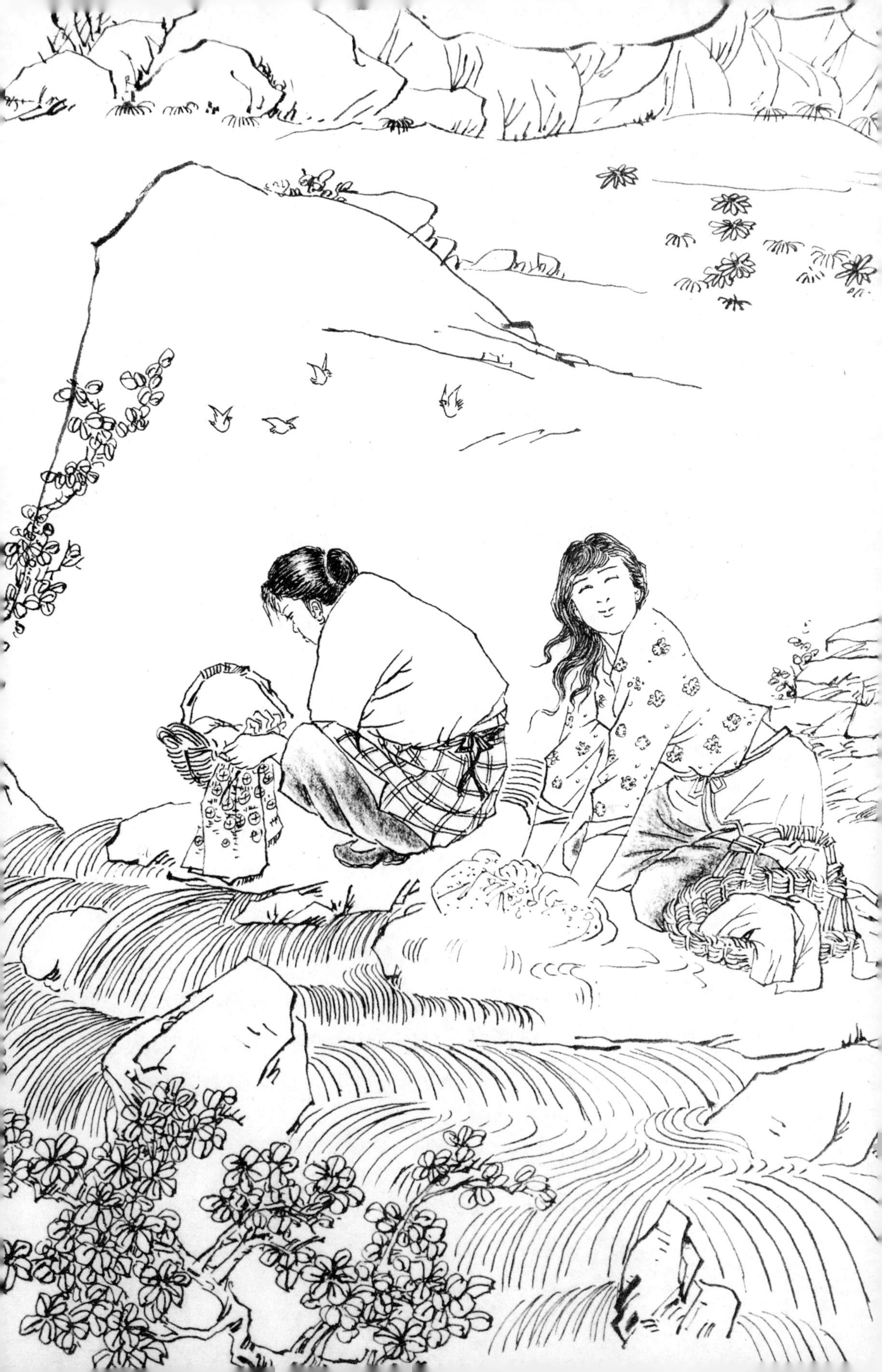

兴趣，变得郁郁寡欢起来。蜜蜂街如此窄小逼仄，像一只蜜蜂一样，根本承载不了一个大山深处的孩子对山外世界的渴望。我在蜜蜂街读初中的三年，最常去的地方就是学校后面的骆驼峰，独自坐在那里，朝县城的方向不断地眺望。而我看到的，只有连绵的群山，苍翠的森林，以及漫无边际的云海。

其实，我在小学五年级时，去过一次县城。那年的冬天，母亲病危，被送进了县人民医院。这对于一个山沟里的家庭来说，简直是致命的打击，但我丝毫没有感到悲伤，反而是满心欢喜。县城真大，像一座正儿八经的城。溜达在大街上，瞧什么都是新奇，笔直的水泥马路，巍峨的邮政大楼，琳琅的百货大厦，还有熙熙攘攘的人群。他们衣着光鲜，说一口时髦的城里话，还喜欢叼根牙签，满大街逛，像在自家菜园子里一样悠闲自得。县城的店铺鳞次栉比，各种商品应有尽有，随便挑一家，够压死驼背几十年。而且，每条主街上都设立了一个阅报栏，当天的《人民日报》《江西日报》《参考消息》《赣中报》和《体坛周报》依次排开，一群老头聚在那里，目不转睛，开会一样神情严肃。他们身旁，偶尔有穿裙子的小姑娘嬉闹跑过，长辫子上两只白色的蝴蝶结，一跳一跳，俨然是两只白色的蝴蝶追逐着她，如燕子紧追春天里的云。

县城依江而建。江是赣江，舒展的天空下，江面开阔，不时有机动船突突突地驶过。我坐在码头上，顺着滔滔江水流去的方向极目望去，心潮澎湃。是的，按照地理课本上所言，从这里出发，下行60公里，是省城南昌，再下去是鄱阳湖，是长江，最后是大海，是全世界。

我想去南昌。

我的中考，是在丰城县城举行的，考试一结束，我就迫不及待地跳上了开往南昌的长途汽车。我之所以无所顾忌，毫不怯生，完全是因为我伯父。我伯父在省农业厅任副厅长。这是我第一次去南昌，一个十五岁山村少年，人生的第一次远行。

一出省汽车站，我彻底傻眼了，仿若武陵人误入桃花源，为眼前世外风景所震撼，手脚不知道如何放了。眼前，大海一般气势磅礴——比操场还宽阔的水泥马路上，车水马龙，川流不息。马路的两边，是高耸入云的楼群，楼群上的玻璃幕墙在半空中闪闪发亮，还有我从未见过的山峦一样起伏的高架桥，草原一般广袤的八一广场。到处是璀璨夺目的灯光，到处是四通八达的街道，到处是不时从地下涌出来的人流，置身其中，一种前所未有的巨大的轰鸣声，冲击着我的耳膜，让我有些自卑有些恐惧，但更多的是惊喜与兴奋。南昌太大了，大得没边没沿，洪水一样四处流淌。怪不得叫"洪城"呢，我在内心这样骄傲地解释道。那时，几乎就在一瞬间，丰城县城巨大的形象在我心中轰然垮塌，就像我当年面对丰城否定蜜蜂街一样，毫不拖泥带水。

凭着一个皱巴巴的信封上面的地址，我找到了伯父。伯父对我冒冒失失的到来，无比惊愕，因为事先没有任何招呼，一个小孩子就这样天不怕地不怕地来到偌大的省城，出现在他眼前。我是这样解释自己行为的——我打小有一个梦想，小学毕业后进一次县城，初中毕业后来一回南昌，而高中毕业后，我要争取上一趟北京。

伯父听了，愣了一下，转而眉开眼笑，竖起大拇指对我夸赞道，你长大了，有志气，不愧是我侄子，男人就应该这样。在伯父家住了几天，我才知道，自己这次真是来对了，因为他很快就要调到北京去了。北京，北京是什么模样？我一个劲地缠着伯父，让他给我讲关于北京的点点滴滴。

高中三年,我是在丰城县城读的。我常坐在赣江码头上,面对一江自南向北流去的清水,为"北京"愁眉不展。一个南昌,曾经让我瞠目结舌,应接不暇,我实在是无法想象,北京作为中国的首都,会是一座什么样的城,住着什么样的人。幸好,我伯父在那里,高中一毕业,我就可以开始自己的北京之行。

然而,始料未及的是,我高三上个学期快要结束时,也就是年底,伯父竟然提前退休,和伯母搬迁回来了。这让我非常诧异。伯父说,人老了,叶落归根,告老还乡,我可是一天都等不及了。

我心有不甘地问,您不回北京了?

伯父正从菜地里回来,刚刚脱去身上的外套。他把外套抓在手里,拍了拍上面的灰尘,挂在墙上的木橛子上,然后退两步,站在那里认真端详了一下,对我点了点头。

过　滤

就算世界没有你呼吸的空气，你也要试着改造你自己。

——Spacesonic《过滤》

在小区门口，男人掏出业主卡刷开门，进去，把门关上。

五分钟后，一栋楼下，男人对着门禁摁了一串密码，进去，把门关上。

男人乘电梯上到10楼，在自家门前，掏出钥匙捅了几下，门开了，男人换了双拖鞋，进去，把门关上。

不久，男人站在卧室门口，进去，把门关上。男人又推开洗手间的门，进去，把门关上。男人愣了一会儿，脱光衣服，赤身裸体，拉开淋浴室的玻璃门，进去，把门关上。

伴随着哗哗的水流声，男人站在花洒下，一边朝自己肥硕的身体上涂抹沐浴露，一边哼起一首老歌："村里有个姑娘叫小芳，长得好看辫子长，一双美丽的大眼睛……"哼着哼着，男人呜呜地哭开了，哭得很伤心。

这是男人参加完高中同学聚会回到家的真实情景。是男人亲口告诉我的。他还坦言，那天，他喝了不少酒，但自始至终表现很为儒雅，没有任何失态之处。男人说这话我是相信的。我没有刨根问底去探究男人的"小芳"姓甚名谁，现在过得怎么样。我知道，在每个人的内心深处，拂去一堆岁月的尘埃，都会有一个鲜为人知的"小芳"或者"小刚"在金币般闪闪发亮。故事大同

小异,这是人类共同的情感秘密。

倒是男人后面的话引起了我莫大的兴趣。一个性情中人,见到多年未见的"小芳",且喝了不少酒,却表现如此沉稳得体,直到关了六扇门之后,在哗哗的水流声的掩护之下,他才痛快酣畅地大哭了一场。男人还说,让人最不可思议的是这六扇门。

六扇门?不可思议?

男人幽幽地说,这六扇门充满了意象。

我纳闷地问,意象?意象是什么?

这你就不懂了。你看哈,关上小区的门,是分离社会各色人等,关上单元的门,是分离诸如领导同事等一些和自己有切身利益的人,关上自家的门,是分离身边的亲朋好友,关上卧室的门,是分离家人,关上洗手间的门,是分离夫妻,把另一半赶出去。

我听了半天反应不过来,但忍不住又问,那关上最后一道淋浴室的门,怎么解释?

男人闭上了眼睛,沉默了好一会儿后,最后睁开眼睛,盯着我,严肃地说,那是灵与肉的分离,将世俗的肉体和痛苦的欲望分离出去,最后只剩下赤裸裸的灵魂了。就像净化水一样,一层层过滤下来,天地之大,唯有那一刻是最真实的,没有任何杂质,像婴儿一样。

我挠了挠头,感慨道,没想到你活得这么复杂,你们太累了。

男人不好意思地笑了笑。

突然,我想到了一个问题。我好奇地问男人,你为什么要告诉我这些?

男人默默地打量着我,迟疑了一会儿,说,因为,因为你长得很像我那个"小芳"。

面对这样的回答,我通常有两种选择,一种是夸张地笑,笑他泡妞的手法过于老套。另一种是很认真地说谢谢他,谢谢他信任我,把我当树洞。我选择了后者。因为我知道,作为一个洗脚城的洗脚妹,于他无足轻重,茫茫人海中彼此只是一个钟的交错,他没有必要将我过滤掉。

是的,那一个钟以后,我再也没有见过他。

情　人

最珍贵的感动,尽在不言中。

——杜德伟《情人》

大崔来电话,是傍晚,我正蹲在马桶上。大崔问,大哥干吗呢?

我吭哧了两声,对着手机痛苦地呻吟,在拉屎。

有一马子,大哥想泡么?

老子最近阳痿,对女人不感兴趣。

我们电视台新来了一女主持人,叫甜甜……我嗖地立了起来,一只手捉住手机贴在耳朵上,一只手激动地在半空中挥舞着:好,我半个小时到,你原地待着别动。

我所处的县城不大,但经济发达,大城市有的,这小地方也应有尽有,包括一家像模像样的电视台。大崔是县电视台的顶梁柱,负责编导台里两档自制的栏目——《新闻报道》和《百姓民生》,每周更新两次。其中,《新闻报道》15分钟,里面尽是上级领导辛苦调研,本地领导日理万机,镇街领导兢兢业业,人民群众幸福安康;而《百姓民生》则充当本地《焦点访谈》的角色,时长10分钟,专门曝光小区卫生死角、商贩占道经营、出租房治安隐患,看似金戈铁马,实则春风细雨,连镇长都不敢得罪。剩下的5分钟,则用来插播广告,属于大崔他们创收的主要来源。近来,大崔频献殷勤,无非是想让我多占用他那5分钟。

甜甜长得跟个瓷娃娃一样，白白的，模样乖巧，朴素可爱。很难想象，这样一个活蹦乱跳的女孩，端坐在演播台上，会怎样去播报那严肃得像棺材板一样的新闻。她确实不太适合干这行。我见到她时，大崔他们正在江边拍摄一家印染厂违规排放污水的镜头。对方仗着厂子大，丝毫没有花钱消灾的意思，把大崔激怒了。但无论怎么启发，甜甜都是一脸笑盈盈的，捡到宝一般，压根找不到为民请命舍我其谁的那个愤怒劲。大崔气得脸色铁青，不断地呵斥她。

大崔见我来了，忙挤出另一副表情，跑过来悄声问，怎么样，大学刚毕业，我们台新招的临时工，做大哥情人，如何？我漫不经心地瞅了两眼，端着架子说，还行吧。大崔笑了，抬头见天色不早，招呼手下说，收工吧，明天拍，不给钱，看我不整死他才怪呢。我心头一凛，却笑眯眯地问，这丫头好上手么？大崔瞬间明白了什么，一脸讨好地说，大哥，我真没对她怎么样，连想都不敢想，这次是专门为你留的。我得意地笑了，为这样的丫头多花点钱，值，大不了包他一年的5分钟。

把其他工作人员打发走了，大崔单独叫来甜甜，介绍道，这是我们县里造纸业最大的老板，全省赫赫有名的摇钱树，叫杨哥。甜甜低着头，抿着嘴唇叫了一声"杨哥"，丝毫不敢正视我火辣辣的目光。和以往一样，找个借口，三个人坐上大崔的车，目标是去一个偏远的古镇吃饭。中途，大崔家里会突遭变故，不得不心急火燎地走了，撂下一个黑灯瞎火的二人世界给我们。这是我和大崔惯用的伎俩。只是次数多了，我感到有些厌倦，少了最初的新奇，尤其是一次完事后，那个女老师一边戴胸罩，一边对我挑明道，其实不用搞这么复杂，在县城开一间最豪华的客房，不是更好吗？她这句话，让我大半年没有沾女人。

这次也是一样,大崔开车,我和甜甜坐后座。大崔的车速很快,毫无章法,故意给身后的我们在颠簸挤搡中制造机会。黑暗里,我先是试探,有意无意地用手摸她的大腿,见她没什么反感,又大大咧咧地把手搭在她的肩上,正琢磨下一步是不是搂住她,她却顺势靠了过来,窝在我的怀里,闭着眼睛,好像流浪多日的猫找到了家一样。我抱着她,她身体的体温,还有青春无敌的气息,无遮无挡地电了过来,让我浑身滚烫,口干舌燥。车外,夜色四合,街边一晃而过的灯光,不时透过玻璃映在她年轻的脸上。她的皮肤白皙光滑,真像一个瓷娃娃,让人不忍心去破碎。最终,我还是忍不住低下头,低下头去吻她的脸颊,不曾想大崔正一个急转弯,我身子一晃,嘴唇刚巧触碰到了她的嘴唇。我忙扬起头,面红耳赤,做贼一般心虚。她依然没有反应,仿佛睡着了,头却埋在我怀里,梦呓一般发出呢喃声,贴我贴得更紧了,把我当成雪中送炭里的那堆篝火。

　　靠,搞定了,没想到县城还没有出,就搞定了。原以为淑女一个,没想到也是洞庭湖上的老麻雀,我心里顿时腾起一股浓重的失落感。胜利来得如此之快,让我有些不知所措。我不知道这顿饭去古镇吃还有没有意义,最起码大崔不需要再扮演家里突遭变故了。

　　大崔似乎没注意到后座的变化,继续将车开得欢快,像一头亢奋的马驹儿。在人民路拐弯时,突然斜刺里穿出来一辆蹬士,大崔忙一个紧急刹车。车是刹住了,但打了一下横,撞碎了路边一个乞丐讨钱的碗。我们都被吓蒙了,愣了好一会儿,大崔对着那远去的蹬士恶狠狠地骂了几句,准备重新启动车。

　　被撞碎了碗的那个乞丐,一脸的可怜相,挡在车前,泪水涟涟,伸出一只带血的手,表示自己被飞来的碎碗片划破了手。大崔面无表情,摇下车窗喝道,走开,我们是电视台的。乞丐丝毫没有退让的意思,继续堵在那里。

甜甜在后座说,崔哥,他手受伤了,疼得在哭呢。大崔一听,笑了,说,自己划的呗,给他一百块钱,我保证他不疼了。说着,从钱包里抽出一百块钱扔了下去。那乞丐果然不疼了,高兴地让开身,一个劲地鞠躬说谢谢。

车开了几十米,甜甜突然说,崔哥,停下车,把你抽屉里的创可贴给我。大崔把车停住,拿出创可贴给她,奇怪地问,怎么啦,你受伤了?

甜甜没回答,打开车门,回头朝那乞丐径直走去。走到跟前,一把抓起乞丐脏兮兮的手,小心地帮他包扎上创可贴。大崔看了,在车里对我大发感慨,多么清纯多么善良的女孩啊,大哥,这次算是找对人了。我愣在那里,傻乎乎地点头。

包扎完乞丐手上的伤口,甜甜回身向车这边走来,乞丐居然爬起身,尾随在她身后。甜甜坐进车里,发现后面跟了个尾巴,不由甜甜地一笑,说,回去吧,以后自己留神些。对了,注意别沾水。

乞丐点了点头,站在车边傻笑。就在车开动的一刹那,意想不到的事情发生了,乞丐突然往甜甜的手心里塞了个什么东西,然后扭头跑了。甜甜借着街灯摊开一看,原来是那张一百块钱。

那些花儿

> 那片笑声让我想起我的那些花儿，在我生命每个角落静静为我开着。
>
> ——朴树《那些花儿》

引子

街上，空荡无人，灯火潦草。

对面楼层飘来一片笑声，银铃般悦耳，在午夜深处荡漾开来。我枯坐在黑暗里，不由想起那些花儿，在生命经过的每一个角落，静静为我开放——

01

蓉蓉和我屋前屋后，同班同桌。

那时，她常穿一条花裙子，蝴蝶一样在我面前晃呀晃，晃得我心里灌了蜜。每天放学后，我们都会围在她家的茶几旁写作业。望着我和她凑在一起的身影，我们的母亲总是抿着嘴喜滋滋地笑。

有一次全校考试，我排第一，她第二。班主任正表扬着我们，高个子的狗蛋在后排嘀咕，优异个屁，老婆抄老公的，不要脸！声音不大，全班却听得一清二楚。我们臊得低下了头。

她再也不理我了。我们的桌上，多了一道用粉笔划的三八线。

不久,她全家搬走,随父亲进了城。

多年后,我在她家楼下徘徊,徘徊了半天,一地烟头后,还是走了。

02

小学五年级时,我的语文老师结婚,嫁给了村主任的儿子。

新婚之夜,砰的一声,她家的玻璃被人用石头砸碎了,紧接着是一阵慌乱逃离的脚步声。

没人知道,那晚,我坐在村后的夏阳河堤上,凛冽的寒风里,呜呜地哭个不止。甚至,我想过跳河自杀这个伟大的壮举。

更没人知道,那晚的后来,她披着一件单薄的衣服,把我拥在怀里,轻轻地拍着我的肩,说,好了,好了,别哭了。孩子,你还小……

03

明亮的日光灯下,晚自习,大家都在温习功课,聚精会神,准备迎接中考。

她的脚,从后面无声地伸了过来,蛇一般缠绕在我的脚上。一双玉脂般性感的脚,在我的脚面上摩挲不止,像一个电插头,传递着她每一寸肌肤的温度和芳香。我一身汗涔涔的,不敢动弹,心事晃荡。

第一晚这样,第二晚这样,第三晚亦是如此,持续一个礼拜后,我请求老师调了个座位。我说我看不清黑板上的粉笔字。

第二天,她主动退学离校。

我读高一时,听说她结婚了。对象我认识,一个因偷米而被学校勒令开除的同班同学。

04

那年,雪好大,覆盖了整个北京城。

一家旅馆冰冷的地下室里,我躺在一堆破棉絮里饿得奄奄一息。一个陌生的胖女孩,手里举着十块钱,天使般敲开了我的房门。

那年,萝卜一毛五一斤,清甜得很。

05

我们相约将六天当一生过。过完,转身即路人。

整整六天,我们躺在塞北那个滴水成冰的小城,赤身裸体地拥在一起,像老夫老妻一样。有时我想了,她不同意,有时她想了,我则不敢。更多的时候,我们只是相互静静地看着,仿佛要把对方看到枯黄至老。

六天,还没剪去长发的我和长发飘逸的她,挥霍完了一生的幸福。

从此,爱情死了。

06

那一夜,对她来说,也许只是一瞬间,对我却是永远。

那一夜,是除夕,鞭炮声如潮,在广州城中村的上空炸开,炸得人心里发慌。我和她,仅因为是隔壁,两个陌生的异乡人坐在草席上喝酒,喝得抱头痛哭。

最后,她钻到我的怀里。我的第一次就这样稀里糊涂地没了。

至今,我依然记得她有一双黑亮的眸子,在华灯初上的小巷口闪着。大家叫她"小四川"。

07

我剃了个光头。每天，无所事事，端着一架望远镜，躲在窗后窥视整个世界——

斜对面十六楼右侧的一个卫生间，没有百叶窗，无遮无掩，一个雪白的青春胴体，在花洒下不停地扭来扭去。我不断变换方向调整角度。那扇窗，是我快乐奔涌的源泉。

世界，在暖融融的阳光下，鲜花怒放。

隔着不到一百米的距离，我们像两只软体动物，分别抚摸着自己软绵绵的身体……当我再一次举起望远镜时，吓了一大跳——她正举着望远镜在望我。

以后，我们每天准时出现在窗口，像幽会一样，通过两架望远镜对话。时间长了，她涂什么牌子的口红，穿什么颜色的内裤，我了如指掌。当然，偶尔还会出现一个香港老头。

直到我搬走的那天，大半年了，我们没有上门去打扰过对方，更没有过零距离。

08

遇到她，是在夜总会。一堆花姑娘中间，只看了她一眼，便把魂丢了。

在我强大的攻势下，终于，我们住在一块儿。每一个黑夜与清晨的交接处，暴风骤雨中，我们疯狂地用身体写诗。

半年后，我一贫如洗。

09

我说:我们离婚吧,谢谢你陪我走过的三年。

她点了点头。

某个台风越境的夜晚,我收拾心情残缺时,终于读懂了她离去时的背影——微笑地哼着歌,同时泪流满面。

10

从一张床到另一张床,马不停蹄。周游列国,南下北上,会见各个省份各个民族的 MM 网友,是我很长一段时间里的快活。

沧海桑田,烟消云散后,只有她还活在我心里。每次,她总是蜷在床角,猫一样安静,默默地注视着我的残忍,以及残忍背后的谎话连篇。

有一天,她发了条信息给我:哥,娶我吧!五年了,你该歇歇了。

一声"哥",让我哭了。

后记

今天,是我三十五岁的生日。屋子里,黑暗一片,到处弥漫着死亡的气息。

我坐在墙角,拼命地抽着烟,盯着空荡荡的街头,痛苦地想:今夜,她们在哪儿?还好吧?老了吗?

念亲恩

长夜空虚使我怀旧事,明月朗相对念母亲。

——陈百强《念亲恩》

我是谁?

谁是我?

我为什么会是我?

月光极好的夜晚,少年的我,常背着手,在夏阳河堤上徘徊,带着这些问题陷入了沉思。夏阳河在月光的折射下,漾着满河的银子,而我,细长的脖颈,拴着一个气球般硕大的脑壳,在浩瀚的夜空里飘忽不定。我的脸色沉峻凝重,宛若一位古代的先哲,默默感恩早年的那对小夫妻,在某晚无所事事时,躲在被窝里摸着石头过河,瞎折腾出了我。

娘生我时,据说她这个弱女子正挑着一担水,挺着个大肚子在水井旁举步维艰,跟跟跄跄挪了两步,她感觉下身有一股水样的液体喷射出来,紧接着"哗啦"一声闸门大开,洪流狂泻……我的名字叫井生。

我来到世界的第一声啼哭,让这个结婚十年未孕的小家庭笑得合不拢嘴。我爹不笑。我爹是个操刀杀猪的屠户。他一言不发,阴沉沉地看着我,看了许久,便干咳几声,挺了挺矮矮墩墩的腰身,丢下我娘不顾,满村子转悠,逢人便递上一根烟,褐黑的脸上开着花,大声嚷道,是个崽哩,带把的崽哩!

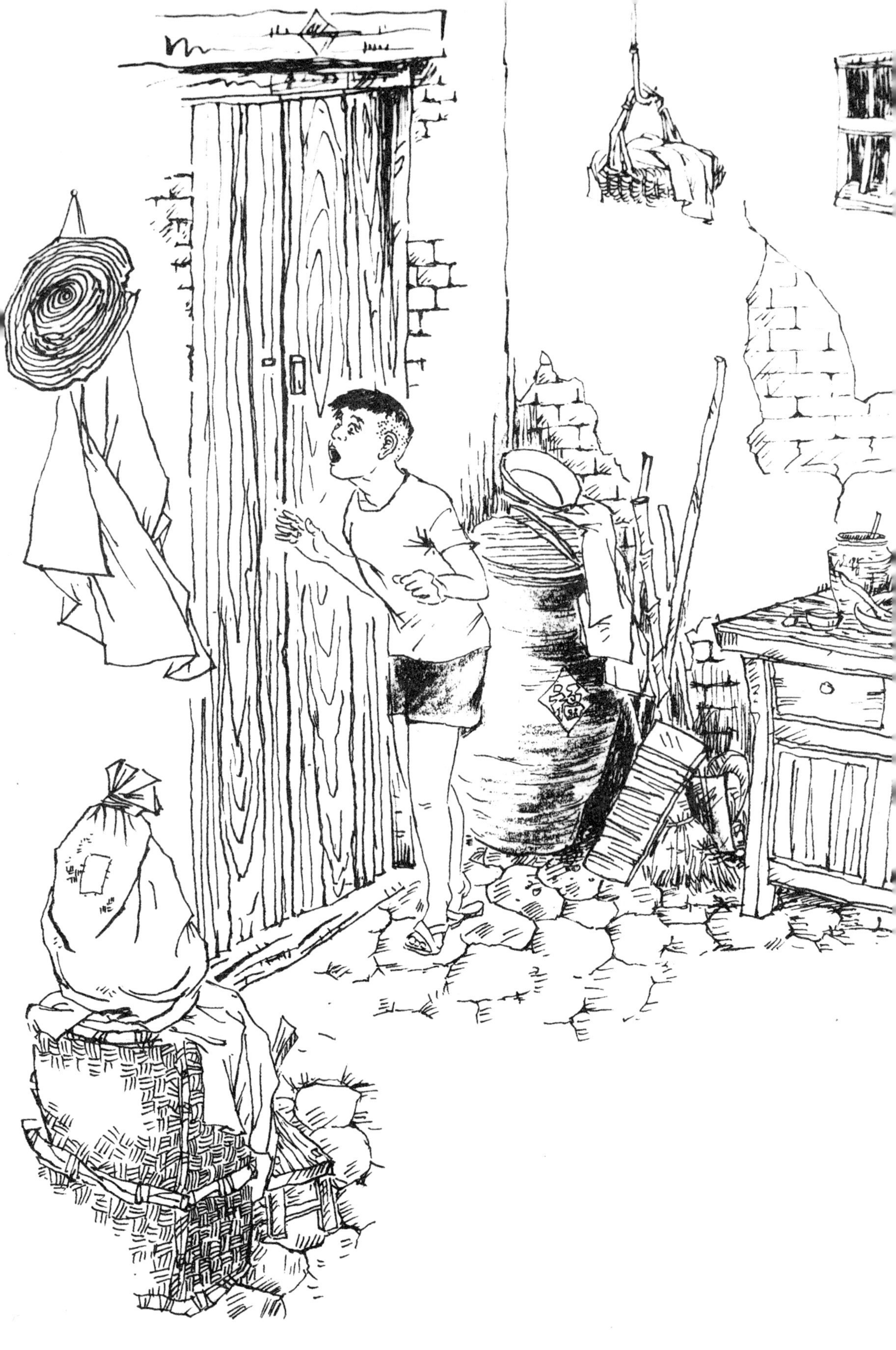

我满月那天，我爹喝了酒的眼睛血红血红，他驱开众人的好意相帮，独自从猪栏里吆出一头肥猪。当着全村人的面，他一手拽着猪的耳朵，一手握着一把锋利的尖刀，拔河般，和猪相互来回僵持着，把围观的众人逗得捧腹大笑。在一片笑声里，我爹看准时机，突然一松力，往前一个箭步，趁猪还在愣神时，赶了上去，一刀捅进了猪的喉部。浓酽的鲜血爆射出来，喷了我爹一脸。我爹死死地抵住猪头，刀又往里面捅了几下，然后握刀的手来回打转，残忍地左剜右掏。那头猪悲悯地呜咽着，却没有声音。我爹松手后，猪依然立在众人面前，血水滴滴地流，摇摇晃晃半天，才轰然倒地。地上的血水蛇一般满地乱窜，四下里泅开，我爹用粗壮的扭结了青筋的手擦了擦满是猪血的脸，向四周怒目而视。他的脸愈加狰狞可怖。围观的村人呆若木鸡。

听村里的老人说，他们活了近百年，从没见过如此凶残的杀猪场面。他们还说，我的满月酒非常丰盛。可是，这一切依然堵不住村人的嘴。

在我十二三岁时，村里的闲话越来越多，听来听去，归根结底就是一句话——我不是我爹的种。我爹肤色猪肝般褐黑，胡子拉碴，矮墩壮实，像个陀螺。我白净，细细长长，瘦如竹竿。他们骂我是野种！我委屈地告诉爹。他怔了一阵，没有说话，佝偻着腰身上田去了。我望着爹远去的背影，迷惑不已。

我的童年就是这样迷惑着，一直到十五岁时的那个深夜。

那时，我正在镇里读初三，我清楚地记得那是个寒风呼啸、滴水成冰的岁末深夜。熟睡中，我被什么声音惊醒过来，看到了让我今生永远后悔的一幕。声音来自于爹娘的房里，是娘哑着嗓门憋出来的，让人听了揪心。我起身爬起来，趴在门缝上往里看。狭窄的门缝格了一长条画面呈现在我眼前：两条浑圆丰腴的大

腿和一大半雪白的屁股，两条腿中间有一蓬乌黑浓密的毛。浑黄的灯泡在穿过墙缝的寒风里摇摇摆摆，灯光漾漾荡荡。灯光下，我爹那拔猪毛的手伸向那蓬毛，粗壮的拇指食指准确地揪住一根快疾地一扯。扯了一根又一根。每扯一根，那两条腿和大半个屁股就痉挛扭曲，娘拼命压抑着自己，嘴里依然忍不住发出"咛咛"的惨叫。

说，井生是谁的种？爹压着嗓门愤怒地问道。

你的。

放屁！你知道我不行的，结婚十多年，老子从没犁过你，井生怎么会是我的种？

那一刻，极安静。

你说不说，到底是谁的种？爹的手又伸向了那蓬毛。那两条腿和大半个屁股又开始痉挛扭曲，同时传出"咛咛"的惨叫。

原来我真的不是我爹的种。

那一晚以后，我开始偷偷地找爹，琢磨村里每一个男人的长相和脾性，找来找去，发现似乎满村子都是我爹。我对她不理不睬，也不再叫她为"娘"了。偶尔的接触中，我总是用鹰隼一般凌厉的目光剜她，剜得她噤若寒蝉。

两年后，一个大雪纷飞的深夜，娘亲手用一条草绳，结实的草绳，偷偷地结束了自己。骨瘦如柴的她，在一个年久失修的破庙里，如一个衣架子悬在屋梁上。我找到她时，寒风正穿堂而过，咿咿呀呀推搡着腐朽不堪的庙门，雪花在门外无声地飘着，凄清的月光下，如一幅画定格在那里。我顿时醒了，痛哭流涕，跪在地上狠狠地抽自己的耳光……

厚葬娘后，爹拉着我的手跪在墓前，瞅了瞅四周，说，我们找个地方藏起来，在这儿守着，我估摸着你亲爹会来的。

我把他拉起来,说,爹,我们回吧。阴霾的天空,大雪依旧鹅毛般下个不止。

一场大雪,棉被一样,覆盖了我的十七岁。

城里的月光

城里的月光把梦照亮,请温暖他心房。

——许美静《城里的月光》

年前,作家老李老打电话给我,问我认不认识公安局的人。我说认识有屁用,你那事我帮不上忙,你别狗拿耗子——多管闲事。老李嗫嚅道,怎么是多管闲事呢,你可不能这样说。

唉,老李一个儿时玩大的同村伙伴——老憨,在我居住的这座城市做建筑工,一年到头在工地上累死累活,好不容易赶在春运前,求爷爷告奶奶,工头总算结清了工资,却在临上火车前被歹徒逼到墙角,洗劫一空。

两万块啊,整整两万块血汗钱,就被这天杀的挨枪子的刀剐的抢去了!老李在电话里恶狠狠地骂道。

我忍不住笑了,说,狗屁!骂如果可以解决问题,可以帮你老憨寻回钱,我请一伙人去骂好了。

老李苦笑,笑完,又开始祥林嫂般地絮叨,这派出所是干什么吃的,报案都一个多礼拜,就是不见动静。

我说,人家派出所也不容易,就那么点警力,管着十多万外来人口。我帮你找了派出所。人家指着一大堆卷宗,为难地说这是小案子,又没有明确的破案线索,自认倒霉吧,夸张点说,这和在大街上被抢了手机差不多。

估计老李听后是一副苦瓜脸。他说,娘哎,这可是两万块钱,怎么是小案子？

我只好解释，两万块钱搁你老家是巨款，在这里只能算小钱，有钱人的一顿饭钱而已。

老李悻悻地问，就没其他法子了？

我一脸无奈地说，如果是上百万，派出所肯定会成立专门的破案小组。要是你的老憨丢胳膊断腿了，他们也应该会重视。

老李感慨，如果可以换，我想老憨肯定愿意拿条胳膊甚至性命来换这两万块钱的。你要知道，老憨一家老小盼星星盼月亮，盼了一年多，家里正等米下锅呢。老李又不死心地问，真没法子了？老子在你那座城市只认识你一个朋友。

我想了想说，法子倒有一个，我给你讲一个在我家乡流传很广的故事吧——

大概是民国时期，一位上面来的夫人，在省城一帮官员的陪同下，从南昌去庐山避暑。中途，路过我们镇时，夫人内急。很急。无奈之下在路边找了个公厕。你要知道，我们那里所谓的公厕，就是一个茅坑，上面搭几块木板，臭气熏天。当地人民早习以为常，可是夫人金贵啊。她站在厕所门口犹犹豫豫，磨磨蹭蹭，最后可能是憋不住了，一捂鼻子跑了进去。夫人出来时，脸色很难看，半躺在小车里直说头晕，还嘀咕了一句：你们这里的卫生怎么搞的嘛？陪同的官员坐不住了，上庐山后，打电话骂人，从行署、县一直骂到我们镇，把我们镇长吓得半死。镇长考虑到夫人返程还会经过这里，就号召全镇人民大洗厕所，又是挑粪又是消毒，整整折腾了三天。

可是，夫人没来。据说人家下山后直接去了武汉，从那里坐飞机走了。

老李听了我的故事，深有感触，沉默了半天，突然怪声怪气

地尖叫,你们这里的治安怎么搞的嘛!

我大笑,隔着电话想象着老李叉腰横眉的样子,说,你这样会把人家吓坏的,人家就是破不了案,也会自己偷偷把钱垫上。

我又说,可是我们都是蚂蚁。

老李无语,默默地把电话挂了。

两天后,一个月光极好的深夜,我又接到老李的电话。老李说,我想自己把钱垫上。

我吃了一惊,大骂,不会吧,你是不是疯了?

老李幽幽地说,你不知道,我们老家地处大西北,是你难以想象的穷。我上高中前,除了出生外,没有洗过一个澡。在我们那个乡,我是唯一的高中生,是乡亲们的骄傲。现在我是狗屁作家了,在他们眼里,我无所不能,天天和中央首长在一块儿握手、吃饭,进出小车伺候。老憨也是实在没辙儿才找到我的,我不想让他们失望。再说了,老憨还欠着一屁股债,没了这笔钱,几个娃儿都要失学的。他们一家正盼着过个好年。

我听了心情沉重,转而又说,你自己也不宽裕,靠几个稿费,还得养活一大帮人。

老李叹了口气,说,我多写点就是了,实在不行,就卖自己,写点黄的,那玩意可以多挣几个。我之所以告诉你,是想让你配合我一下。

我问,怎么配合?

你帮我把这钱给老憨,就说你公安局的朋友抓获了歹徒,把钱追缴回来了。老李不放心地叮嘱我,你千万别露馅,对着老憨,要给足我面子。老憨现在还在工地上眼巴巴地等着我的好消息呢。

我凝望着窗外城市上空皎洁的月光,哽咽无语。

新鸳鸯蝴蝶梦

看似个鸳鸯蝴蝶,不应该的年代,可是谁又能够摆脱人世间的悲哀。

——黄安《新鸳鸯蝴蝶梦》

她敲门进来时,我正在写一篇小小说。对,就是你现在看的这篇。我端了杯水给她,对她说,你等等,我快要写完了。她微笑着在沙发上坐了下来,手里握着我递给她的透明的玻璃杯,挺有教养地等着,目光安静地注视着我时而思索时而奋力敲打键盘的样子。其实我的本意想拒绝她进来,告诉她,抱歉,我没有空,正在写作。但那样说,我担心会伤害她,于是话在舌头上就拐了个弯儿。你应该知道,我在撒谎,这篇小小说才刚刚开了个头,不仅你没理清楚我想说些什么,我自己也是一头雾水。

在说她之前,我还是说点儿别的事儿吧。我不想让她这么早加入进来,因为这篇小小说里,她不是女主角。女主角是谁?是谁呢?写到这里,我的脸有些红了——女主角是一个诗人。大概,不是大概,是千真万确。大前天晚上,十点半钟,女诗人主动打了个电话给我。手机响了好一阵,我都没听到。我老婆禁不住从沙发里欠了欠身,丢开电视里的清宫剧,别转头瞅了我一眼。那一眼,内容有些复杂。

其实我和女诗人不太熟,开笔会时彼此见过两面,相互留了手机号码,加了微信好友,便无任何接触。女诗人长相一般,

但私生活有点类似她写的诗歌一样天马行空。江湖上传说她练过瑜伽,床上功夫类似孙猴子一样武艺高强。据说,女诗人喜欢相忘于江湖,从不留后遗症,也不拖泥带水,颇有男人缘。

女诗人在电话里声音很嗲,话很简洁,暧昧且双关:我明天去你那儿,行不? 我一听,朗声答道:行,绝对行! 我明天去机场接你? 女诗人说,好。女诗人说完,把电话掐了,依然不拖泥带水。但我这边还没有结束。我继续对着手机吆喝:刘主编您别太客气,我们全家热烈欢迎您的到来……嗯,好,好,我明白,那明儿机场见。说完,我佯装挂了电话,对老婆说,刘主编明天来东莞,让我带他玩几天。说到这里,我挤眉弄眼地说,他说带个女诗人来,特意叮嘱不想抛头露面。妻子听了,也挤眉弄眼地笑了。

结果你肯定猜到了,女诗人没来,她食言了。我在深圳机场足足候了一天,候到晚上六点钟,实在按捺不住,拨通了女诗人的手机。女诗人的解释依然很简洁:我啊? 还在家,来不了,下次吧,下次我再联系你。说完,就把电话撂了。我兜里揣着一盒伟哥,站在密集的人流中,傻眼了。她这样耍弄我,是酒后胡言,还是夫妻吵架? 抑或是和我玩心眼,试探我? 不管怎么说,她应该对我有所好感,否则不会平白无故这样打电话给我。既然现在有家回不了,不如干脆临时买张机票,飞到她那里去算了。

不好意思,我忘记告诉你,我现在所待的房间,是酒店的客房。我住下后,没有急着给女诗人打电话,她诗歌一般简洁的语言让我心里犯怵。我换了一种方式,在微信上发了一些照片,里面尽是孤独的我,孤独的客房,孤独的酒店,孤独的路牌,以及她这座繁闹的城市。我想告诉女诗人:我来了,就在你身边,在等你。我很满意这种做法,隐秘,浪漫,同时不失尊严。你说什么?故事是假的,有破绽。唉,我只能这样告诉你,天下有几个男人会傻到让老婆真正知道自己的微信和QQ?你别打断我,让我继续讲下去嘛。我讲到哪里了?对,我到了她这座城市,在酒店里等了两天,足足两天,女诗人没有任何反应。这时,我真生气了。我疯子一样敲打键盘,准备写一篇非虚构的小小说,就是你现在看的这篇,让心中的愤愤不平一泻千里。这时,她敲门进来了。

请注意,现在开始说到她了,文章开始的她。严格来说,我也不认识她。她解释说,自己是我的一个粉丝,这几天刚好在这里出差,看见我的微信,按照上面的指引,来看看我。我想了一会儿,想起她确实是我的微信好友,一个大龄剩女,有点儿忧伤的味儿,常在微信上倾诉对爱情的执着对家庭的渴望。写到这里,我不禁抬头看了她一眼,发现她依然坐在沙发上,手里握着我递给她的透明的玻璃杯,挺有教养地等着,目光安静地注视着我时而思索时而奋力敲打键盘的样子。等了多久?快一个小时了吧。晕,我怎么能够一门心思为了泄愤,而忽略了她的存在与感受。我带着歉意离开电脑,给她续了一些水,又给自己也倒了一杯,然后坐在她对面,和她闲聊天儿。

我们聊了很多,多半是关于她对我作品的理解。一个微信上的单身男人和一个宣称自己是男人忠实粉丝的单身文艺女青年,坐在同一个房间里,坐得久了,要说心里不乱,那是假话。更何况,她长得还算漂亮,漂亮得足以让一个中年男人的心里乱成一团麻。下午的阳光和煦,屋子里有些闷热,我烦躁地抽了两根烟,然后强撑着站起来,脚步踉跄地把靠阳台的门打开,一阵清风徐徐地吹了进来。

她离开时,我礼貌地把她送到房门口,站在走廊上看着她进了电梯,我又重新回到电脑前,好一会儿才静下心来,准备给这篇小小说弄个结尾,安排女诗人感动万分地粉墨登场。突然,我发现她喝过的玻璃杯下面压着一张纸片。我拿起来一看,发现纸片被折叠成心形,一打开,原来是一张登机牌——今天早上,从一个遥远的城市飞到这里来的登机牌。

冷的记忆

为着你，我依然留着一块空白，微微地透露着暖意。

——苏芮《冷的记忆》

只要她勾一下手指。

一下，就够了。可是没有，从来都没有，十年了，她压根没搭理过他。

十年后，他在故乡的省城参加一个贸易洽谈会，中途溜号，回到了这座小城，也算是衣锦还乡。班长特意在食博汇酒楼订了一个大包间，张罗一帮老同学为他接风洗尘。他接到班长电话时，内心有些抵触，问还有谁去。

班长报了几个名字，无非是这小地面上混得有头有脸的角色：土管所长、工商所长、派出所所长、税务局科长、法院庭长……和政府开会差不多。末了，班长说，对了，还有小杜。

小杜？哪个小杜？

杜梅呀，你不记得了？成绩超好的那个，丹凤眼，长头发，学习委员，和我坐同桌。果不其然，班长一口气蹦出来的这些关键词，就是她。

哦，对对对，有点印象，你不说我都忘了，是有这么个人。他不咸不淡地打着哈哈，内心却欣喜若狂，太顺利了，真没想到会这样得来全不费功夫。他多年未曾露面，这次找了个堂而皇之的借口，千里迢迢，突然空降在大家面前，说白了，就是奔她来

的。

他把自己塞在浴缸里好好泡了个澡。泡完澡,打开行李箱,捯饬了许久,一身披挂站在镜子前,望着里面西装革履神采飞扬的自己,他得意地转圈,转着转着,越转越慢,最后沮丧地停在那里。酒店的窗外,夏日的傍晚,暑热未消,行人短衣短裤,却依然汗流浃背。

最终,他还是给那只粽子松了绑,换上了一身鲜艳的T恤衫和牛仔裤,像一个港客,惹得一帮老同学大呼小叫。他和大伙握手拥抱,嘘寒问暖,感叹岁月不饶人,胖了,都胖了。多年未见,嘘唏之间,话语略显夸张,但作为老同学,感情还是真挚的。

她来得有些晚,行色匆匆,甚至还有些气喘吁吁。本以为作为今晚唯一的女性,她会把自己打扮得光彩照人,却没想到她汗水涔涔,一脸倦容,衣着朴素,连最基本的修饰都没有,这样愈发显现出她的老态,让他多少有些失望。她的解释是刚给一个学生补完课,家都没回就赶过来了,不好意思,耽误了大家。

他一直静静地坐在那里。派出所所长,当年绰号叫猴子的,恶作剧般地问她,杜梅,你猜猜,这个是谁?他忙正襟危坐。亮如白昼的水晶灯下,她端详了半天,在抓了好几个名字后,不得不尴尬地承认,瞧瞧,我最近都忙糊涂了,班长,你电话里说是谁来着?

班长忙打圆场,陈大福啊,广东来的大老板。

陈大福?哦,对对对,有点印象,你不说我都忘了,是有这么个人。不知道她是否真的想起来了,反正那如释重负的神情,让他的失望又递进了一层。暗恋人家十年,人家连自己是谁都不知道,这也太搞笑了吧。一切,让他始料未及。十年来,他尽管没有露面,但还是通过一些有限的途径知道她师范毕业后,为了进城教书，嫁给了一个检察官，生了一个女儿，据说不太幸福。这个据说，点燃了他心中泯灭已久的希望。

也许大家不把他当外人，酒过三巡，话题慢慢变得务实起来，嘴里都是关于这座小城的官场轶事、幕后新闻。他默默地抽烟，默默地听着，瞬间成了一个局外人。听了一会儿，他才发现这帮昔日啃咸菜吃豆腐乳的老同学，已经进化为当下社会的人精，个个手眼通天。每个乡镇书记姓甚名谁，哪个局的局长和情人闹得不可开交，人民医院院长的文凭作假，某某老师荣升校长是因为他老婆的姨夫在省城当副厅长……随着话题的深入，他也有所意识，自己的到来，只不过是他们聚会的一个由头罢了。土管所长的外甥想开一个网吧，需要当派出所所长的猴子关照，猴子的岳母在人民医院动手术，需要外科主任主刀，外科主任的女儿成绩不好，想找杜梅的师姐调座位，杜梅想当班主任，有求于工商所长做副校长的老婆。

这顿饭吃得索然无味，但其他人意犹未尽，纷纷闹着去KTV唱歌。他讨饶般地看着猴子。猴子挺了挺腰，大手一挥，说，别看你是从广东来的，但绝对没有小城故事多，走，哥带你去开开眼界。

他犹犹豫豫，不知如何是好。猴子推搡了他一把，豪气冲天地说，怕什么，老子的地盘就是兄弟你的地盘，你的地盘你做主，明白吗？这时，他看见她在一旁似笑非笑，一脸的见怪不怪。他被激怒了，一转身上了猴子的警车。

一行人浩浩荡荡杀到环球娱乐城门口时，深感意外——偌大的娱乐城，大门紧闭，黑灯瞎火，只剩一个保安在门口的椅子上打盹。猴子走过去，用脚踢了踢保安，问，什么情况，谁整顿的？

保安惊得站了起来,战战兢兢地回答道,没整顿啊,不是高考期间一律暂停营业吗?

晕,今天高考,我怎么忘了这茬。猴子挠了挠头。

今天高考!猴子的声音不大,但大家听得真真切切。那一刻,仿佛夜空划过一道闪电,把所有人的冷记忆唤醒了。他们集体站在路旁,雕塑一般,久久地,一动不动,凝望着远方。

远方,是月亮升起的故乡。

囚　鸟

我是被你囚禁的鸟,已经忘了天有多高。

——彭羚《囚鸟》

一只鸟不知怎地飞进家里,栖在酒柜上,虎视眈眈地瞅着女人,瞅得女人心里直发慌。

女人担心这个不速之客随地大小便,糟践了自己心爱的家,于是对鸟百般驱逐。鸟死也不肯挪动半步,用细长锋利的喙和女人对峙周旋,坚决捍卫着自己的阵地。

一番较量下来,女人气喘吁吁,急了,给男人打电话。

男人笑了,不就是一只鸟吗? 又不是蜘蛛侠,怕什么?

男人爽朗的笑声让女人顿时吃了一颗定心丸。

对,不就是一只鸟吗,至于大惊小怪吗? 女人一边自嘲,一边开始打量着鸟。鸟,娇小玲珑,一身乌黑的羽毛油光锃亮。此刻,它正睁着一双明亮的眼睛,默默地看着女人。

不理它,继续看电视。女人百无聊赖地来回摁遥控器,偶尔抬头瞧一下鸟。鸟依然双眼一眨也不眨,神情专注地看着女人,目光里满是温柔,直勾勾地,像要把女人看进心里。女人在鸟的温情里安静下来,心里潮潮地,和鸟对望着。

鸟看女人,女人也看鸟。

女人的心突然颤了一下。

女人再一次给男人去电话,我想养这只鸟,你帮我买个鸟笼

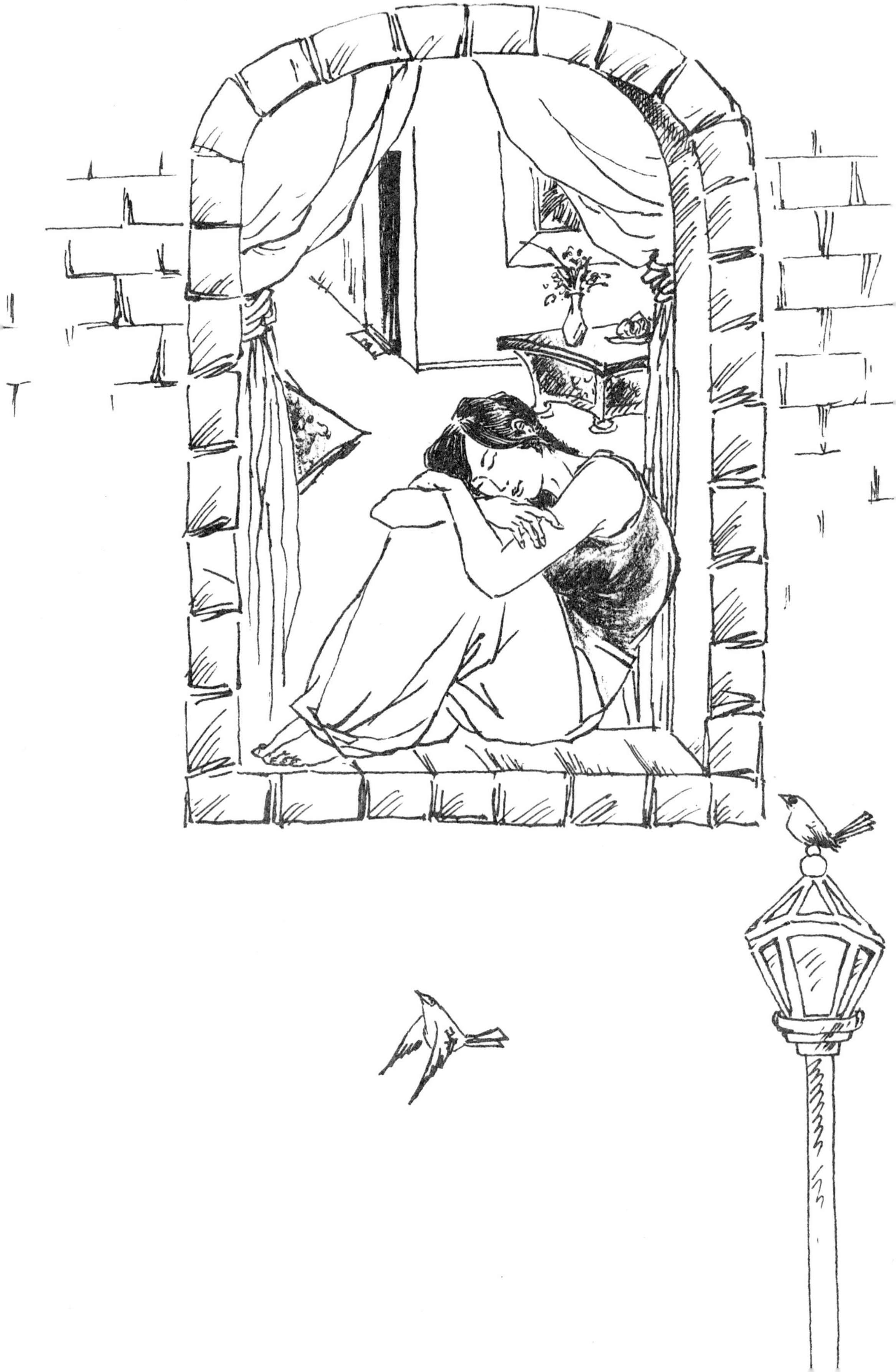

子。

男人不太乐意女人养鸟,嫌麻烦。但男人对女人向来百依百顺。男人下班后,直奔市场去买鸟笼。男人拨通女人的电话,交给店家,让他们自己说,男人站在一旁闲闲地抽烟。

店家听完女人的电话乐了,眉飞色舞地嚷道,这是从天而降的大好事,很多人烧香都求不来呢。先生,菩萨会保佑你升官发财的!

男人的眼睛亮了,把烟踩灭,兴奋地自言自语,是吗?男人是单位的一个头头,当然希望菩萨保佑。

从此,男人和女人的世界里多了一只鸟。

这只鸟漂亮、乖巧、机灵,深得女人喜欢。女人每天都要给鸟洗澡、梳理羽毛、喂食、换水和清洗鸟笼。鸟的到来,让无所事事的女人开始忙碌起来。

女人常常和鸟一起看电视,给鸟介绍里面的明星爱好什么、会不会吸毒、和谁有一腿。鸟唧啾不停,含情脉脉地望着女人,听女人如数家珍。

女人有时还带鸟下楼,在花园里遛弯儿。女人喜欢坐在湖边的长椅上,和鸟一起看白云悠悠的蓝天。看累了,女人便靠在长椅上打盹儿,鸟也在鸟笼里眯上了眼睛。

女人极爱这只鸟。甚至,女人和男人有一次去参加朋友的私人聚会,也带上了鸟。鸟的到来,像明星一样,受到大家热烈地追捧。大家围着鸟像鸟一样叽叽喳喳。有人问,这鸟会不会说话?

女人如实相告,从没有听它说过话,应该不会说的。女人的话音未落,鸟忽然张口说话,老公,我要!老公,我要!

众人哄堂大笑。

女人愣了一下,顿时明白,羞地捶了男人一粉拳,你坏!

男人嘿嘿地笑。

男人的笑在半年后戛然而止。

一个自称是男人老婆的女人寻上门,让女人猝不及防。楼上楼下、左邻右舍一大帮人围着、议论着……

女人落荒而逃。

你要你老婆还是要我？女人这样逼问男人时,男人低着头,心事重重地抽着烟。男人的脸上写满歉意。半天,男人说,上面开始查我了,我自己也朝不保夕。

女人默默地看着男人。

许久,女人说,我想把这只鸟带走。

男人心不在焉地"嗯"了一声。

女人去阳台上取下鸟笼,临进客厅时,突然停在那里。半晌,她又折身回到阳台。女人打开鸟笼,把鸟捧在手里,在脸上贴了贴,然后向天空一扬手。

鸟在女人头上盘旋,再盘旋……

十 年

走过渐渐熟悉的街头,十年之后,我们是朋友还可以问候。

——陈奕迅《十年》

十年之前,俺是广州街边的一个算命先生。

你别笑,俺也是为生计所迫,混口饭吃,同时还得养活老婆孩子。其实那年俺还没有孩子,刚和杨二丫结婚不久。杨二丫挺着个大肚子,刚出广州火车站,就撑着大包小包如逃荒的俺问,你准备拿什么养活我们娘儿俩?

俺看了看自己在杨二丫身上的犯罪记录,又看了看广州上空阴晦的天,在心里算,算了半天,说,算命!

算命这碗饭并不好吃。俺照葫芦画瓢,学着那几个河南老头儿的样儿,在街边空坐了三天,才明白了这个道理。不好吃也得吃,总不能饿死。其实饿死俺事小,关键是还有杨二丫和她肚里的孩子。杨二丫摸着兜里为数不多的几张钞票,脸色一天比一天阴沉可怖,越来越像广州的天了。

好在俺天生不蠢。俺在夜市上买了几本错别字连篇的周易八卦,躲在租来的楼梯间里瞎琢磨。琢磨了一段日子,一个划时代的算命先生横空出世了。

在海珠区一些大型的鞋厂制衣厂门口,你可以瞅见俺的身影。俺顶着一个明晃晃的光头,胡子半尺长,不洗脸不刷牙,身前铺一块茶几大小的白纸板,上写有"占卜前程指点人生"八个

大字。纸上空无一物，不摆抽签筒、易经图，也不像河南老头儿那样端本书装样子。俺席地而坐，安安静静，目光空洞，看天数蚂蚁。更让人震惊的是，俺不穿道袍或者袈裟这般行头，而是弄了一套奇装怪服，花花绿绿，有点少数民族的味道。

像不像一个世外高人？俺要的就是这效果。

果然，第一个找俺的人来了。

来人蹲下，一脸菜色。俺闭上眼睛，伸出仙人般冰凉的手指，在她的纤纤玉指上慢慢摸。摸啥？摸骨。其实啥也没摸，俺一边装模作样地摸，一边在心里揣测她的职业、经历、心事。

摸完。俺徐徐睁开双眼，叹了口气。

俺一声叹气，她果然神色大乱。俺目光散淡地问，想问哪方面？

这时，往往在这时，趁她还没来得及开口，俺会插播一段广告，以此推销一下自己，取得对方的信任。俺的广告一字一顿：吾非看相，也不算命，那是俗人做的事，全是骗钱的鬼把戏。吾知你的前生，也懂你的后世。你若信任在下，可以当老朋友聊聊，或许可以帮你。

如俺所料，她哗地打开了话匣子。她的回答把俺吓了一大跳，她说她想自杀……

俺施展三寸不烂之舌，口吐莲花。一番语重心长之后，她频频点头，老老实实地掏出二十块钱。临走，千恩万谢。

这活儿不是太难。人是可以归类的，每个人的人生其实都是大同小异，只是看你如何归纳罢了。俺的归纳是身在异乡的打工妹，无外乎婚姻、前程和亲情三个困扰。她们有时并不需要一个明确的结果，而是倾诉和交流，找一个说话的人。俺，就是一个很称职的聆听者和分析者。当然，这里面还有个判断和臆测,而答案,对方会乖乖地不知不觉地告诉你,只要你用心去聆听和顺着她的话头理下去就是了。

你说对了,俺就是披着算命的外衣,在变相地玩心理咨询。

收入时坏时好,像广州阴晴不定的天。杨二丫的脸,根据俺每天上缴的数目,阴阴晴晴。那段时间,俺深夜收摊后,一身疲惫地回到租住的楼梯间,褪下算命用的奇装怪服,芸芸众生一样,给孩子端屎端尿,忙前忙后。杨二丫的絮叨也开始了,在耳边苍蝇般嗡嗡作响,说谁谁发财了,说家里米缸又空了……

算命毕竟不是正路,也无法长久,俺的生意越来越差了。

一天,杨二丫告诉俺,说一个包工头答应让俺去工地上看建筑材料,活儿不累,包吃包住,每天还八十块钱。

俺喜出望外。

俺成天蹲在工地上,成了一个稻草人,尽管兜里没钱,日子却过得不咸不淡。杨二丫的衣着越来越光鲜,太阳般刺眼,经常在工地上晃,晃得脚手架上一帮兄弟夜里失眠。工程竣工后,杨二丫跟包工头跑了,连孩子也没留下。

俺成了天下最大的傻瓜。

俺身无分文,只好灰溜溜地进了厂,到处辗转。

十年之后,俺依然孤身一人,窝囊地混着,在东莞某条流水线上寂寞得如一个机器人。

一个深夜,偶尔打开收音机,听到《夜空不寂寞》。这是一档温情的夜话节目。俺听了一会儿,心里的冰冻慢慢融化,好想痛快地哭一场。

俺冲到街边的电话亭,拨通了电台的热线。俺对着东莞暧昧的夜空,对着话筒那端陌生的女主持人,滔滔不绝地说起了俺的婚姻、俺的失败、俺老家孤苦的父母双亲,说到最后,泣不

成声。

女主持人柔声地安慰着,鼓励着,也无比宽容,让俺的倾诉一直持续到节目的结束。

节目结束了,导播小姐却提示别挂电话,说主持人要私下找俺继续聊。俺听了,心里暖烘烘的。

等了一会儿,女主持人温柔的声音在耳边响起,说,我见过你,我听出了你的声音。

俺惊呆了,忙问,在哪里?

女主持人犹豫了一会儿,说,本来我不太合适告诉你的,但你是我的救命恩人,我对你一直感激不尽,永生难忘。十年前,在广州,我找你算过命……

世 界

原来爱情的世界很小,小到三个人就挤到窒息。

——陈奕迅《世界》

这小说该怎么写呢?

一个春雨飘摇的夜晚,他——一个小说家——坐在一家饭馆里,望着远处的那两男一女,愁眉苦脸地构思他的小说。

饭馆位于一条偏街上。对门是一家破旧的宾馆,楼顶上的霓虹灯缺鼻子少眼,在风雨中凄冷地一闪一闪。他点了一盘白切肉,一碟花生米,就着三两老白干,低头闷声吃着。偌大的饭馆,只有他一个客人,还有一个不那么漂亮的女招待趴在服务台前,单手支着下巴,正在打瞌睡。

一阵凛冽的夜风,穿堂而过,慵懒欲睡的灯光,潦草地晃了两下。随后,一切又恢复到了最初的沉思中。

不知何时,他猛地一抬头,发现离他较远处,凭空多了一桌客人,那两男一女,仿佛是从地底下冒出来似的。他们坐在窗户旁,正围着一台火锅,一边吃一边低声交谈。火锅冒出来的腾腾热气,梦幻一样,将三人牢牢地锁在里面。

他点燃一支烟,在昏暗的灯光下,默默地望着那两男一女,心里不由漫想:春雨迷漫的夜晚,大街上空荡无人,陌生的饭馆里,两男一女的三人世界,绝对是个好题材。

怎么写?

两男和一女，会不会一个是丈夫，一个是情夫？二男侍一女，三人共枕眠？想到这里，他不由有些兴奋：那女的肯定超级有钱。现在满世界不是流传男人一有钱就变坏，女人一变坏就有钱吗？那女人有钱后，这个段子应该如何续写？他猛吸了两口烟，悠悠地喷出一团烟雾，眼前白茫茫的一片——女人有钱后，少数一根筋认死理的会从良，大部分会脑筋急转弯，笑眯眯地甩几个钱出来，看着男人一点点变坏。也不对！他们的座位不对。如果和自己丈夫、情夫一块儿吃饭，会像打麻将那样，一个人坐一边。或者，像开董事会一样，女人居中，男人分坐一旁。他们不是这样坐的。女人自己和一男人坐一块，另一男人在对面倍显孤单。

显然不是情夫，那是——青梅竹马的初恋情人！哈，本来是专程，却撒谎说顺道路过，千里迢迢，只想来看看。看啥？初恋情结惹的祸。自己前年不也鬼迷心窍，去了一趟青岛吗？看见小梅变成了老梅，他跳黄海的心都有。唉，相见不如怀念，不如怀念啊。正当他一声叹息，那桌人中，有男人站起来给另外一个敬酒，似乎神情煞为恭敬。他莞尔一笑，想起了张镐哲的那首歌：今夜让泪流干，敬你爱人这一杯……

想到那首歌，他有些莫名地担心起来，这俩男人会不会打起来，甚至动刀子？对，打起来好！打起来就是另外一个故事了——

某饭馆，三人酒足饭饱后，其中两个男人不知何故争辩不休，瞬间撕打成一团。末了，力弱者落荒而逃，力强者撑在身后喊杀喊打，顷刻间，消失于茫茫人海中。等到一直忙于劝架的老板醒悟过来，回头再寻那女人，踪迹皆无。

不行，这样的小伎俩早被写烂了。再说了，这年头谁还会为一顿饭钱，而上演这样的苦肉计？他苦笑着对自己摇了摇头。

一个春雨飘摇的夜晚，他坐在一家饭馆里，望着远处的那两男一女,愁眉苦脸地构思他的小说。

在他抽了几根烟后,那女的也站了起来,向坐在对面的男人毕恭毕敬地敬酒,兴高采烈地说着什么。他拎起耳朵听了一会儿,由于距离颇远,难以听出个名堂来。他又琢磨了一会儿,慢慢明白了:坐一起的应该是一对夫妻,他们肯定是有求于对面的那个男人。嗯,错不了,绝对是有求人家,否则这世界,哪里会两口子一起出来联合作战。

一对夫妻面对一个男人,有求于啥呢?他心里冒出来的第一个念头是:借种!

很快,他就意识到了自己的滑稽。因为他趁着上厕所的机会,路过那两男一女身旁,特意凑到跟前观察了一番。那对夫妻中年模样,而那男人则年长不少,几乎是一老头了。这怎么可能是借种呢,要借,也会问年轻力壮的我借,怎么会轮到那糟老头呢?他哑然失笑。

不借种,那借啥?面对一半百老头,借啥?有了,是借路子。那老头是一领导。不像,那老头一身破旧,怎么会是领导呢?

不是领导,会是啥? 如此恭敬,会是啥?他口里念念有词,开始有些走火入魔了。他翻过来倒过去地想,反反复复地想。突然,他正抓着几颗花生米准备往嘴里送的手停顿在半空中:不是领导,那肯定是在领导心目中举足轻重的人,最起码也是能说上话的人,比如领导远在乡下的父亲、领导二奶的舅舅、领导小学的老师、早年资助领导上学的村干部,甚至领导家的厨师、领导单位上看大门的,还有领导的领导远在乡下的父亲……他的手禁不住抖得厉害,几颗攥了半天的花生米掉在桌上,咚咚有声。

太有才了!他露出了得意的微笑。很快,他悠然地吹起了口哨……

街上的雨,慢慢地小了。檐雨滴三溅四间,两男一女起身离开。

他们没给钱!女招待睡着了,我也可以白吃一顿——他压住内心的狂喜,猫着腰,蹑手蹑脚地离开了座位。就在他一条腿刚要迈出大门时,那个不那么漂亮的女招待,鬼魅一般出现在他的面前,笑眯眯地说:先生,请买单。

他打了个饱嗝,指着闪入对面宾馆的那三条黑影,自我解嘲地说,我看见他们吃完就走,还以为你们这里吃饭不用钱呢。

女服务员怔了一下,转而不那么漂亮地笑了。她说,他们是对面宾馆的老板和老板娘,每年的今晚,都要亲自为那个守夜的老大爷过生日。大家老熟人,月结呢。

他彻底傻了。

他走出饭馆时,手机突然响了。响了半天,他深深地叹了口气,摁通手机,乌着脸说:宝贝,这段时间我老婆管得特严,你多理解一下。下个月,下个月我保证带你去上海看世博……

小城故事

小城故事多，充满喜和乐。

——邓丽君《小城故事》

从县政府往东走，是一个长长的下坡。当然也可以这样说，从国税局往西走，是一个长长的上坡。这个从县政府到国税局之间长长的下坡或者说是长长的上坡，在小城呈树状的结构图里，扮演着极其重要的树干的角色。换句话说，小城的发展，就是以这个长长的坡为中心轴，于两边摊鸡蛋饼。

这个长长的坡，有多长呢？

1960步。每次上坡或者下坡，他要走1960步。如果换算成以米为单位，大约是850米。

你也许会问，为什么偏偏是1960步，就不会多一步或者少一步？你如此较真，我也没办法。我只能这样告诉你，他是个孤独的人，性格内向，职位卑微，每天浑浑噩噩地活着，像你我一样。有一天他突发奇想，这个长长的坡，这条中心轴，也是小城唯一的主干街道，如此重要，那么有多长呢？准确来说，就是从县政府门卫室到国税局门卫室，到底有多远？

这个故事发生在早年，他没有远距离的测量仪器，没有任何代步工具，也没有城建资料可查，只能靠两条腿。他自信1960步这个平均数值是绝对的权威，因为一个月，足足一个月的时间，他走火入魔一样，全耗在这一大堆数据上了。那一个月

里,小城多了一道引人侧目的风景:一个瘦高个,目光专注,在长长的坡上,上坡或者下坡,于小城的夜色里不疾不缓地迈着方步,从国税局门卫室到县政府门卫室,然后从县政府门卫室到国税局门卫室,一个晚上一个来回,风雨无阻,像一个严谨的科学家。他一边走,一边嘴里念念有词。偶尔,被人问路或者插话或者受到其他干扰,一时忘了嘴里的数据,他会懊恼地折转身,回到刚才的出发点重新走过。

一个月后,他虽然不再干这事儿了,却不可救药地迷恋上了散步。每个晚上,他不在这坡上溜达个来回,溜达个3920步,就感觉浑身不舒泰。时间长了,他的身上发生了非常奇怪的变化。每当深夜,街上行人少了,他便溜出门,口袋里装得鼓鼓的,像一个要去行侠仗义的侠客。可是,他在街上的表现更像一个贼,无声无息,幽灵一般隐在黑暗里,专门盯着人家单身女性不放,尤其是伫立在邮筒边的年轻女孩。他有时会躲在远方观察,有时会猫在近处揣摩,有时还会凑上去围着人家转圈,细细地打量人家。他像一个苛刻的猎人,在寻找完美的猎物。时间久了,他的诡异引起了巡逻的警察注意。他被毫不客气地请了进去。

警察在他鼓鼓的口袋搜出不少东西:一盒火柴、几粒润喉糖、一张邮票、一块手绢、一支笔、一小瓶胶水、几枚硬币和半盒有点压弯了的香烟。他的胳肢窝里,还夹着一把伞。警察皱了皱眉,说:"老老实实交代吧。"

他当然得老老实实地交代。他说:"我日子过得挺无聊的,看见别人成双成对地遛马路,就想找一个对象,成一个家。"

警察指着摆在桌上的那些东西,诧异地问:"就凭这个能找到对象?"

"嗯。这些东西都是我精挑细选的,以备不时之需。我希望在一个雨夜遇到她,她正处于失恋阶段,拿着一封没贴邮票的信在雨里徘徊。她想立即寄出这封信,结束一段不该有的感情。如果刚巧我路过那里,我会借给她一张邮票,还有胶水,以及写收信人地址的笔。对了,还有这把为她遮风挡雨的伞。如果她禁不住雨夜的寒冷,咳嗽几声,或者因为伤心难过而哭得喉咙嘶哑,我可以递给她几粒润喉糖和一块擦眼泪的手绢。"

"那烟和火柴呢,你抽的吗?"

"我不太抽烟。但是有些女孩喜欢在那种场合下抽烟的男人,觉得酷,有安全感。当然,她也可以通过一支烟来平静自己。你不知道,其实我挺喜欢偶尔抽烟的女人,那样的女人有内涵。"

"那硬币呢?"

"我和她认识后,也像别人那样成双成对地去遛马路,遇到可怜的乞丐,可以掏几枚出来,让她成为天下最幸福的女人。"

警察哭笑不得,揶揄道:"看样子你心很细,适合写小说。"

他不知道警察是表扬他还是批评他,尴尬地笑了笑。

警察拿他也没办法,口头警告了几句,就放他回家了。

以后的深夜,他继续像一个幽灵一样,游荡在这长长的坡上。两年下来,上坡或者下坡,来来又去去,七百多个1960步的往返,他的口袋里依然是鼓鼓的。显然,他没有等到该等的人。

他深感憋屈和苦闷,尝试着用文字去装饰自己的梦。在文字里,他安排自己遇到了一个心仪的女子,在某个倾盆大雨之夜,他们幸福地相拥在一起。这文字,很快就在省城的文学刊物上和读者见面了。和那个警察说的一样,他确实很适合写小说。因为这两年来,他无意中发现了这座小城太多鲜为人知的故

事。他把这些故事源源不断地变成文字,发表在省内外各大报纸杂志上。

从此,小城又多了一个故事:坡下国税局门卫室的一名临时保安,因写作成绩突出,上了一道长长的坡,被坡上的县政府录用了。很快,他就遇到了一个心仪的女子,当然和雨夜无关,也不在那道长长的坡上。

望春风

谁说女人心难猜,欠个人来爱。

——童丽《望春风》

元宵刚刚过完,鞭炮喜庆的钝响在空中还未散尽,你飞一般逃离了你生活的那座城市。

你去了丽江。一座高原上安宁的古城,传说这里可以治愈异乡人的暗伤。

暮色中,你站在四方街上,面对招牌林立的原色古朴的小客栈,一家家找感觉。人声嘈杂中,你内心惶惶,丧家犬一般无助。

他拎着酒瓶斜斜地站在十字路口。你看了他一眼,他正看着你。

这是个潦草的男人,头发蓬乱,胡子拉碴,一身恰到好处的邋遢,显得很艺术。他走到你面前,默默注视着你,眼里盈满着怜爱。他说,去我家吧。说完,一转身,自顾自地向前走,歪歪扭扭地,弃你不管不顾。他一边走,一边时不时地举起手里的酒瓶,一仰脖,咕咚几口。

这是个落魄的男人,和你一样落魄。

你拖着沉重的行李,机械地跟在他身后。你心里什么都来不及想,像着了魔一样,脑海里一片空白。

丽江的月亮升了上来,素白的月光下,他和你一前一后,巨

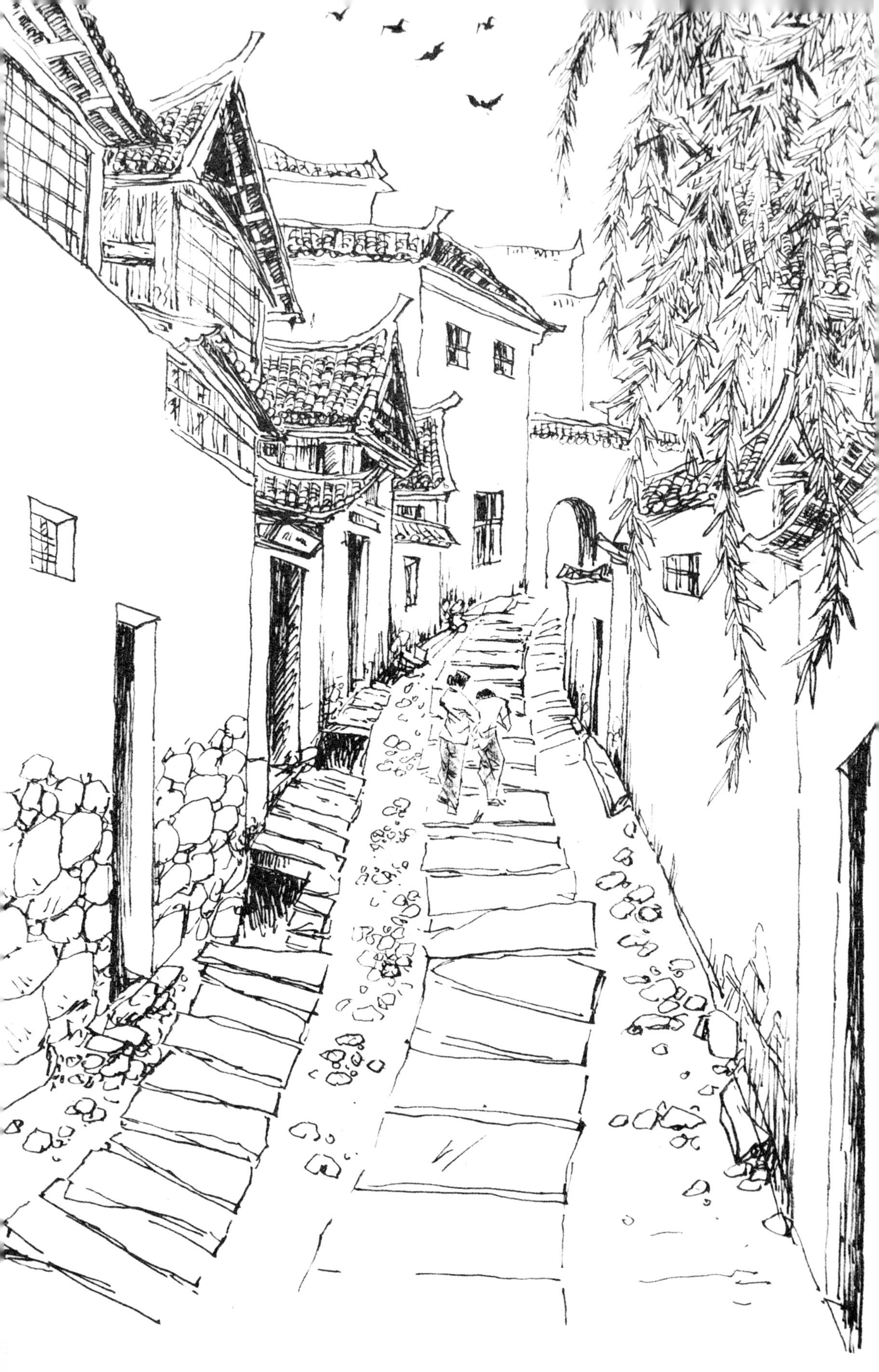

大的影子在青石板路上跌跌撞撞,像两条流浪狗。

所谓他的家,其实是别人经营的一家小客栈。他也是外地人,租住在楼下。他叫老板安排你住上了二楼。第二天,你推开窗户,发现这里地势陡峭,离四方街不远不近,却非常偏僻安静。更让你喜出望外的是,窗外一览无余,辽阔碧蓝的天空下,玉龙雪山白雪皑皑。

你不想走了。

初春的高原,寒风凛冽,草木枯败,还残留着寒冬阴冷的迹象。病恹恹的阳光下,玉龙山雪峰皎皎,晶莹的银光,耀目晃眼。不一会儿,风起了,乌云团聚,山峰乍隐乍现,扑朔迷离。有时,云层里泄漏出一片金光,山腰间顿时云蒸霞蔚,白雪呈绯红状,掩映在一片霞光中安详若佛。你整天坐在窗边,痴痴地看着风云变幻的玉龙雪山,心里的水从眼睛里无谓地漫了出来,直至泪流满面。

两个月后,你似乎心情好了些。阳光灿烂的下午,你会出去转转。面对一城的古朴和安逸,你喜欢坐在双孔古桥上发呆,看桥下小河里的雪水淙淙,看对面某个墙角探头探脑的绿荫乱红,看密密麻麻的青瓦房凝滞在时光里。偶尔,会想起一些人,一些事,直至在桥上呆坐许久,将生人看成熟人。

阳光肆意地洒在脸上,空气中弥漫着春天的清香。你无声地笑了,其实城市的伤痕,如同深山古寺的钟声,想则有,不想则无。你终于释然了。你敲了敲心脏的位置,又用力捶了捶,心想,结痂了。

华灯初上的夜晚,你经常出去,坐在四方街某间昏暗的酒吧里。夜色,在一排红灯笼的摇曳下哔剥作响,欢快地燃烧。一双双俪影打门前经过,手牵手,晃来晃去。寂寞排山倒海。你要

了一瓶红酒，一杯接一杯，面色酡红。

你抬头朝那个十字路口望了望。那里，春风满地，人头攒动，却没有你的期待。自从你到丽江后，你们其实很少打照面。偶尔下楼遇见他，也只是礼节性地点点头。他呢，清醒时，则一脸腼腆，目光躲躲闪闪，如一个大男孩。如果遇到喝醉了，他看你时目光灼热，充满某种挑逗，让你瞬间有烫伤的错觉。呵呵，这是个有趣的男人。你身体柔软，像一只猫一样蜷在虚幻迷离的灯光和红酒里，模糊不清。

你的身体一天天苏醒，一天天柔软。毕竟，你才刚过35岁。有些凌晨，揽镜自照，你惊讶地发现镜子里面的自己面若桃花，黑暗中嘴唇闪闪发亮。

一个月色妩媚的夜晚，你一身性感，在从酒吧回客栈的路上，遇到了他。他酩酊大醉，烂泥一样睡在街边。你费了很大的力气，才把他弄回了客栈。在他房里，你像母亲面对自己少不更事的孩子，把他扶到床上，帮他脱鞋，还捏着毛巾给他洗了把脸。你关了灯，转身将要离去，这时，你的手突然被他一把拽住。你万分惊愕。还没等你反应过来，他一把将你拖倒在床上，紧接着一翻身，如狼似虎般，死死地把你压在身下。

你在他身下又撕又咬，拼命地挣扎。你很想告诉他，能不能不要这般粗暴。这一切都是徒劳的，他动物般凶猛，压得你喘不过气来。你死命地抵抗，反而激起了他强大的占有欲。他很快得逞了。他进入你身体的那一刹那，你望着头顶天花板上摇摇欲坠的蜘蛛网，一阵阵晕眩。你无望地闭上眼睛，眼泪汩汩地涌。

完事后，他也许是真疲乏了，打了个酒嗝，倒头沉沉睡去，还扯起了鼾声。你一身酸痛，像散了架一样，到处是伤。你睁大眼睛，缩在床角，惶恐不安地看着他。许久，你才缓过神来，忍不住从后面抱住他,紧紧地贴在他的后背上,把自己软化成一条鱼。你轻轻摩挲着他强壮的胸膛,身体一阵痉挛。太长时间没亲近男人了,你鼻子一酸,禁不住又是泪光莹莹。

空气中,残留着你的体香味,他的汗臭味,你体液的味道,他体液的味道,还有他满身的酒气和屋里的霉腐味。这些味道交叉融合在一起,最终成了一种让你痴迷的综合气息。你喃喃自语:有男人,真好。

借着窗外的月色,你细细打量着他的脸。这是一张满足的脸,棱角分明,嘴里不时冒出几句孩子般的呓语。你拉过来一条薄毛毯,轻轻地盖在他的身上。

窗外的街巷,在皎洁的月色下,渺无人影。只有春风在空中细细地圈着涟漪,温暖暧昧,又寂寞到伤感。

被遗忘的时光

那一段被遗忘的时光,渐渐地回升出我心坎。

——蔡琴《被遗忘的时光》

不知从什么时候开始,竟然迷上了表,这对于我这样一个月光族来说,简直就是暗恋上了皇后——全世界我最不该爱的那个人。迷迷糊糊地,有四五年吧,我经常在各大名表论坛里潜水,夜以继日,孜孜不倦。到什么程度呢?一般的手表,只要瞄一眼,其价位、产品系列、竞争对手、机芯型号甚至品牌故事、历史渊源,我可以如数家珍。

一天,一群老乡聚会,中有某女衣着华丽,性格雀跃。说实话,不是我喜欢的那种。她给我倒茶时,我对其手腕上的珠光宝气瞄了一眼,立马深沉地笑了。天王,京东网上打折2300元,深圳牌子,标志像劳力士,款式像欧米茄,看似花哨,实则肚里没几斤几两。告别时,我拐着弯子问她,我好像在哪里见过你,你很像我大学里的一个师妹。她开始有些尴尬,转而灿烂地笑道,下辈子吧,我才高中毕业哩。哦——我意味深长地点点头,没再吭声。其实,我很想说,她真大学本科毕业,应该会戴浪琴律雅,而海归,那绝对是欧米茄星座,至于金光灿灿的劳力士日志型,则证明她是富婆,却失宠。我承认,这观点有些偏激,但腕表的品牌文化,往往就在不经意间彰显出来了。

当今世界表业,百达翡丽(PP)是当之无愧的老大,稀世珍品,动辄上百万元,即使入门级,也在人民币三五十万元以上,类似于汽车界的劳斯莱斯,独孤求败,号称蓝血贵族。我从不敢去琢磨PP,生怕自己中毒太深,万劫不复,有去无回。我的目光,一直自觉地远离PP,远离爱彼、朗格、宝珀和江诗丹顿,远离一切皇家贵族诸侯将相,而热衷于积家、万国、宝玑和沛纳海等纨绔子弟之间浑水摸鱼,寻欢作乐。还好,我作为表业的资深粉丝,早过了青嫩期,当然不屑于晃着一枚劳力士、名士、欧米茄或者浪琴,站在马路中央举着腕子看时间。尽管,我高中尚未毕业,连一块天王都没有,但这丝毫不影响我的快乐,让我觉得生活大有奔头。

最近,在研究格拉苏蒂(GO),时间久了,便日久生情,疯狂地爱上了,爱得难以自拔。仿佛是冥冥之中,等待多年,终于等到了自己的另一半,瞬间,有委屈的泪水流下——传统精致的德国工艺,无与伦比的机芯技术,沉静优雅的风格,低调俊朗的外表,身为世界十大豪门之列,却少为国人认知。GO,就像孤独的我,站在世界的另一端,默默地顾影自怜。这就是我想要的,我人生的第一块表,就应该与众不同。幸好,我向来喜欢简约的风格、洗练的表盘和不太复杂的功能,爱上的是素面朝天的参议员系列,国内公价五万多元,这是GO最便宜的一款,但对于我来说,依然是难以承受的昂贵。没关系,我还年轻,还有大把时间去努力挣钱。

有一天,一个朋友从美国回来,打电话聊了几句,心里突然一动,问美国那边行情。对方对这个毫不知情,说他女儿年底会从那边回来,可以先把型号报过去,对比一下,应该会便宜很多的。最后一句话,让我不安分的心立马变得骚动起来。这段时间,网上一直在传言,说GO明年春天会全球涨价,少说也要涨

个万把块钱吧,这让我愈加坚定了立马解毒的决心。

在把型号报给美国那边以前,我想找个表自己先现场试戴一下,看看是否和臆想中的感觉一致。网上的图片,有时和实物相差很大,特别是对于个人的性格和手腕的粗细,完全靠眼缘以及一见钟情。经常是这样,现实里的几秒钟,可以将先前的众多幻想和期待秒杀成泡影。这和见网友意义差不多。我在网上查阅了一番,整个华南地区,只有一家专卖店,在深圳国贸附近。幸亏不是太远,去吧。

坐长途汽车来回近三百公里,风尘仆仆,却没有失望。传说中的GO,躺在专柜里的白羊毛垫上,静静地,像一块完美无瑕的翡翠,儒雅、低调、灵动,让我无比亢奋。包括那个卖表的MM,一切都是那么养眼那么美好。

两个月以后,也就是年底,手表如约从美国带回来了,折合人民币是三万七千元,这让我不仅倾囊而尽,还在外面借了一万块钱。妻子却不干了,她勃然大怒,指着我的鼻子骂骂咧咧,一个破表,让我们变成穷光蛋,还负债累累,这年怎么过?年过完就开学,孩子的学费呢?骂完,他摔门而出,撇下我,拉着孩子回娘家去了。

对呀,孩子下个学期的学费呢?妻子走后,我才意识到事情的严重性,原本以为买了就是赚了,没想到贫贱夫妻百事哀,好事也整成了坏事。妻子前脚进了娘家,我后脚就跟进去了。听完妻子的哭诉,岳母像不认识我一样,看了我半天,最后目光停留在岳父身上,叹了口气:唉,怪不得你们俩好得像父子一样,原来都一个德行。

岳父正在一旁就着花生米喝酒,脸上讪讪的,目光躲躲闪闪。不一会儿,他又恢复了一个男人的尊严,将酒杯在饭桌上一蹴,满不在乎地说,不就是1978年,我、我也买过一块上海表吗,你啰啰唆唆多少年了,还有完没完?转而,他又招呼我道,来,来,咱爷儿俩喝一盅,别跟女人一般见识,不就买个表吗,多大个事呀,天又塌不下来。

那一晚,妻子还是没有回去,我也跟着住在岳父家。深夜,我起来小便,看见客厅里的灯还亮着——岳父独自坐在灯下,正用毛巾细心地擦拭着一块圆溜溜的老式手表。他一边擦拭,一边轻轻摩挲着,还不时地举到耳旁,细眯着眼睛去聆听那嘀嗒声。那时,他一脸痴情,就像重温初恋情人泛黄的情书,老花镜后面,一片泪光闪闪。

故事里的事

故事里的事,说是就是不是也是。

——戴娆《故事里的事》

有一天,朋友乔迁新居,他去帮忙。他穿得比较破,因为干的是粗活儿重活儿,回来时灰头土脸,衣服上满是污渍。

他站在街边,向过往的出租车频频招手。每一辆车打他面前经过,先是减速,司机探出车窗瞥了他一眼,赶紧一踩油门跑了。他像个稻草人一样站了很久,最后耐不住,上了公交车。

我现在要讲的这个故事,就是发生在公交车上。故事完全属于虚构,你非要对号入座,我也没有办法。为了方便讲述,我还是继续用"他"作为主人公——

他上车没多久,一个胖胖的女售票员瞟了他几眼,急呼呼地嚷道,买票,买票,上车的同志请买票。说实话,他真没有听见,扛了一天的沙发冰箱,累得七倒八歪,眼冒金星。售票员喊了两遍,见他没反应,气咻咻地走到他跟前,提醒道,说你呢,耳朵聋了?他迷迷糊糊地站起来,问胖女售票员,你找我?胖女售票员说,瞧瞧,第一次进城吧?买票啦。他恍然大悟,掏出钱来,嘴里忙不迭地道歉。乘客们一脸鄙夷。

车上人不多,刚好满座。到了下一站,上来一个更胖的老太太。老太太逡巡了一番,径直走到他身边,用手指捅了捅他的胳膊,示意他让开。如果搁在平时,他真没有异议,但今天确实太累了,还有好几站路呢。他环视了一圈车内,到处是活蹦乱跳的年轻人,但他还是站起来了。老太太毫不客气地坐下,连一声谢谢都没有,仿佛这座位天生就是她的。

下车后,他心情很不好,在离家不远的路上,一不小心碰到了一个人。还没等开口道歉,对方已经气势汹汹地吼道:瞎了你的狗眼!紧接着,对方撸起袖子要揍他。他连话都不敢说,赶紧溜了。

很显然,因为他今天穿得不太体面,从售票员到乘客再到路人,都把他当农民工或者社会闲杂人员看待。这身穿着,走路应该像贼一样,贴着墙根猫着腰屏声敛息,坐车应该低眉顺眼,心怀感恩地给每一个人主动让座。在大家眼里,这个城市本来就不属于他的。他回到家,越想越窝火,越想越生气。

故事就此打住,好像不能算是一篇小说,充其量只是揭示了一个人人皆知的社会现象。所以,我还得编下去——

第二天,他弄了一辆三轮车,带着一个蜂窝煤炉子,出去卖包子。他专门蹲在他昨天下车的地方。他的早点,只卖给那条公交线路的乘客,还有走路趾高气扬的城里人。蹲了三天,那个胖女售票员像鱼一样向他游来了。他抑制住内心的狂喜,用便宜到让人匪夷所思的价钱,卖给了她一大兜包子。望着胖女售票员远去的背影,他得意地笑了。他在每一个包子里,都吐了一口浓痰。

事情当然不是这样的。我这样编故事,很不道德,有拿农民工开涮之嫌。他连帮人家搬一次家都累得不成人形,天生富贵命,怎么可能会去卖包子?

但是,他确实憋着一口气。他是个城里人,尽管不是特别有钱,但有一份体面的工作,生活得有滋有味。第二天,他精心打扮了一下自己,西装革履,金边眼镜,手里夹着一个昂贵的皮包,还

喷了进口的香水。他特意去坐那趟公交车。坐了三个来回,终于遇到了那个胖女售票员。让他失落的是,胖女售票员根本没有认出他来,只是脸上堆着笑,提醒别人给他让座。几个人立马站了起来,瞬间,他成了老弱病残孕。他感觉特没劲,赶紧下车溜了。下车后,他才意识到自己刚才忘了买票呢。

事情当然也不是这样的,我还是在编故事,他应该不会这么无聊的。当然,为了鞭笞所谓的人性,我还可以继续编下去,编得更有趣些。比如他下车后,心情低落,一不小心碰到一个壮汉,甚至就是昨天所碰到的那个人,还没等他开口,对方就开始道歉了。他嘴里骂骂咧咧,扬手要打人,对方吓得脸色煞白。

这样小儿科的重复回环,你不觉得很不真实吗?其实,我貌似还有一个结尾——

他作为一个集团公司的老总,在这件事上深受启发,召集各个部门开会,商讨如何善待农民工。有人认为当务之急的是改善就业环境,大幅度提高薪资。有人提出建几栋廉租楼,让他们有一个家,少一些漂泊感。有人建议盖一所学校,孩子的教育问题解决了,他们的心就安稳了。他一一点头同意,立马拍板划拨资金,安排专人负责去落实。

讲到这里,你肯定要质问,一个集团公司的老总,日理万机,怎么可能去帮人家搬家,然后站在马路上打的或者挤公交车呢?唉,我说过,这个故事一开始就是虚构的,是假的,为什么不能一路假到底,让生活充满一些阳光呢?

事实上,他就是一普通市民,心里愤愤不平地回到家,洗了个热水澡,换上干净衣服,心情又好了。以后,每次见到外来工,他有时也会乜斜着眼,抱着戒备的心理躲得远远的。这是事实,你真不能说我在编故事。

蛋佬的棉袄

他有件棉袄,怎么也不肯丢掉,说是娘留给他的宝。

——张宇《蛋佬的棉袄》

他走出村口,刚要拐上通过县城的大路,突然听见有人撵在身后急急地唤他的乳名:憨宝,憨宝!他停下脚步,回过头,遥遥地看见母亲疯了一样一路小跑过来。这时天已经亮了,高原上万物萧条,寒风凛冽如刀。母亲嘴边呵着一团白气,气喘吁吁地站在他面前,两只手扶着膝头,累得直不起腰来。等她气喘匀了,便站起来,一个纽扣一个纽扣地解自己身上的棉袄。他立马明白了,忙阻止道,妈,留给您自己吧,我一上车就不冷了。母亲推开他的手,说,出门在外再好,也比不过家里。他还想解释什么,可是那件棉袄,那件带着母亲体温的棉袄,一转眼已经变戏法一样穿在他的身上了。

这个场景让他终生难忘。所谓棉袄,其实是前年雪灾时部队赈灾分发下来的军大衣棉袄,绿色,过膝,出外可以御寒,晚上可以当被子,坐火车还可以当坐垫当睡袋。这件棉袄,对于地处大西北一贫如洗的他家来说,是非常珍贵的资产。他永远忘不了母亲离去时,袖着双手,哆哆嗦嗦地往村里跑去,直到身影越来越小,直到泪水模糊了他的双眼。

等他来到东莞,随老乡进了厂,每天在流水线上汗流浃背时,才发现这件棉袄还真有些多余。东莞这地方热啊,一年四季

如夏,可是他依然把它视若珍宝,即使是搬了好几个地方换了好几家厂,他还是舍不得丢弃。每年冬天南方最冷的那几天,他就把棉袄拿出来当被子盖。盖着盖着,他就忍不住想家,想母亲,想那个寒冷的早晨,想得泪水把棉袄洇湿了一大片。

一个周末,挺偶然的,他路过一家音像店,听到了张宇的《蛋佬的棉袄》。那如泣如诉的歌声,让他像受了电击一般杵在人家店门口,久久不肯离去。当时,他并不知道谁是张宇,也不知道这歌叫什么名字,只觉得这歌里的一字一句,就是为他一个人写的。他就是那个可怜的卖蛋佬。他第一次阔绰地花了半个月的工资,买下这盘卡带,又买了一个随身听。从此,月色极好的深夜,他喜欢一个人躲在宿舍楼顶的天台上,一边听《蛋佬的棉袄》,一边遥望西北家的方向,听着听着,便泪流满面。有时,他忍不住会对照歌词里的描述,将棉袄细细地捏一遍,看里面有没有金条。捏完,便苦笑自己傻,便把自己的"金条"(存折)缝在棉袄的夹层里。

这首歌让他找到了活着的理由。每到周末,别的工友都忙着出去打桌球看电影谈恋爱,他却一个人在天台上对着月亮卧薪尝胆——"不管现在过得好不好,钱得存到,给娘能富贵终老",这句话不知不觉成了他人生的座右铭。他有一个梦想,就是有一天,他要当着母亲的面,亲口唱这首《蛋佬的棉袄》给她老人家听,告诉她这件棉袄是娘留给他的宝。

他二十七岁的那年,也就是远离家门的第八年,他晋升为一家大型公司的部门经理,手下管着三百多号人,一个极为重要的职位。他感觉自己离那个梦想已经很近了,便专门派副手阿丹去老家把母亲接过来。当然,他在电话里不好意思说想当面为母亲唱一首歌,而是说想让她老人家来广东这边住一段时间,亲身感受一下沿海的现代生活。

——几年后的一个深夜，我和朋友李土豆等一群人在一家KTV包厢里喝酒唱歌，最后人都走光了，只剩下我们两个人。当时，我们都醉得不行，躺在沙发上直哼哼。我发现这家伙超喜欢唱《蛋佬的棉袄》，便随口问是怎么回事。他打开KTV唱机，循环播放着张宇的原唱，给我讲了这个关于他和棉袄的故事，害得我也跟着哭得不行。

　　后来呢？我问。他默默地抽烟，没有吱声。这时，张宇正唱道："后来听说蛋佬的娘死得早，人葬在哪里找不到……"我顿时有一种不祥的预兆，忙问，是你母亲不愿意来，还是她……她不在了？

　　李土豆摇摇头说，不是，她来了，而且很高兴。我当晚就把她接到一家豪华的KTV去了，阿丹还带了不少同事去捧场。

　　这不挺好的吗？

　　唉，我酝酿了半天的情绪，在时间过半后，起身专门为她唱这首歌，唱到一半时，她可能是旅途太劳累，竟然睡着了。阿丹还埋怨我，说这歌太闷了，李经理你应该唱《中国人》或者《青藏高原》。

　　啊？这结局太幽默了，把我笑得稀里哗啦。我幸灾乐祸地看着李土豆，建议道，你以后单独找机会唱给老人家听，一个阳台下，一个阳台上，唱情歌一样。

　　他摇摇头，正经地说道，不了，你不知道，当我们还在为过去的遭遇耿耿于怀时，老人家对我们的爱，永远顾虑的是我们的未来。

　　未来？

　　嗯。那晚，老人家从KTV出来，将我偷偷拉到一边问，憨宝啊，啥时候结婚呀？我说，急啥，还没找到合适的呢。

　　老人家说，我看这个阿丹就不错。我不解地问，怎么个不错法？

　　老人家喜滋滋地说，骨盆大，会生儿子。

在那遥远的地方

人们走过了她的帐房,都要回头留恋地张望。

——王洛宾《在那遥远的地方》

一

导演想风,都快想疯了。

可就是没有风。

七月末的大草原,烈日当空,天气闷热得像个大蒸笼,连一丝风的影儿都没有。

这是一个洗发水广告片的拍摄现场。厂家为了打开市场,不惜重金打造广告宣传片。他们聘请了国内知名的导演和一流的工作团队,还求菩萨一样求来了一位正当红的影视歌三栖女明星。剧本敲定了,场景选好了,摄影、美工、演员等各部门均各就各位,却没有风。

没有风,这广告片还怎么拍?

导演急得抓耳挠腮,像草船借箭里的周瑜,背着手在地上不停地踱步,时不时地望一眼插在草坡上的旗杆。旗杆上的旗子像被掐断了脖颈,蔫头耷脑,纹丝不动。空气似乎被凝固了。

女明星躲在车里,吹着清凉的空调,百无聊赖。等到太阳落山了,女明星从瞌睡中醒来,望了望车外,哈欠连天地说,回吧。

第二天,一帮人早早地来了,坐在原地,整装待发。风像个淘气的孩子,似乎和他们耗上了。临到下午,女明星沉着脸,率先回酒店歇息去了。

第三天,亦是如此。女明星的脸色越来越难看了。

怎么办?不能这样干等了。剧组连夜开会。没有自然风,只能人造了。有人提出用鼓风机。女明星当即反对,说鼓风机风太大,一旦吹起沙粒草屑,伤了我皮肤怎么办?导演赶忙打圆场说,又不是拍武侠片,我们要那么大的风干啥,买电风扇吧,电风扇好。

这点子还真管用。

二十台电风扇,在灼热的阳光下,摆着不同的姿势,高低错落,气势磅礴,如同草原上朵朵盛开的向日葵:

在那遥远的地方,草原辽阔,居住着一位好姑娘。人们走过她的毡房,都是频频回头,留恋地张望。她那粉红的小脸,好像红太阳,她那美丽动人的秀发,在风中飘扬……

二

片子拍完了,大家又犯愁了:这二十台电风扇怎么处理?

导演看了看大家,说,总不能扔这里吧,要不每个人分一台?谁也不吭声。都是国内顶尖的精英人士,谁缺这玩意儿呀。再说了,总不能千里迢迢扛个累赘去挤火车上飞机吧?

制片主任想了想,问地陪,最穷的学校在哪儿?地儿不要太远。地陪沉吟了一下,说,赵家沟,翻过前面的山坡,离开大马路,走个三里地,就是赵家沟,学校的孩子可苦呢。导演听了嘿嘿地笑,问,是你村吧?地陪脸一红,尴尬地点头。制片主任说,没关系,就赵家沟,也算是对你这几天来工作的感谢。

这样,在回去的路上拐了一下,七八辆车浩浩荡荡开进了赵家沟小学。

学校正放暑假。地陪赶忙找来校长、老师和村干部,又召集了十几个学生。大家在坑坑洼洼的操场上,简单地弄了一个电风扇捐赠仪式,并合影留念。校长喜滋滋地对女明星说,这下可好哩,以后夏天就不用愁了。

女明星心头一热,掏出五百块钱塞在校长手里,叮嘱道,给孩子们买几支笔吧。剧组其他人员一看,也纷纷效仿。

校长眼里含着泪给大家鞠躬,一个劲地表示道歉:不巧遇上放暑假,娃儿不多,仪式太草率了。

两个小时后,在一片敲锣打鼓的欢送中,七八辆车告别了赵家沟。尘土飞扬里,女明星一回头,猛然发现学校操场边燃着几炷香,一个上了年纪的女人跪在一旁,正对着他们的车影,虔诚地磕头。

女明星问地陪是怎么回事。

地陪说,她是学校煮饭的,疯婆子,甭理会,她好迷信,肯定是把你们当菩萨下凡了。

女明星鼻子一酸,眼泪涌了出来。

三

剧组在赵家沟小学捐钱赠物的事迹,被当地有关部门写成了新闻。众多媒体纷纷报道。一时,好评如潮。

厂家非常满意这种效果。董事长在剧组的庆功宴上,举杯感谢大家为公司不仅创造了经济效益,也带来了不小的社会效益。董事长当即表示,再追加100万,作为奖金分给大家。这是

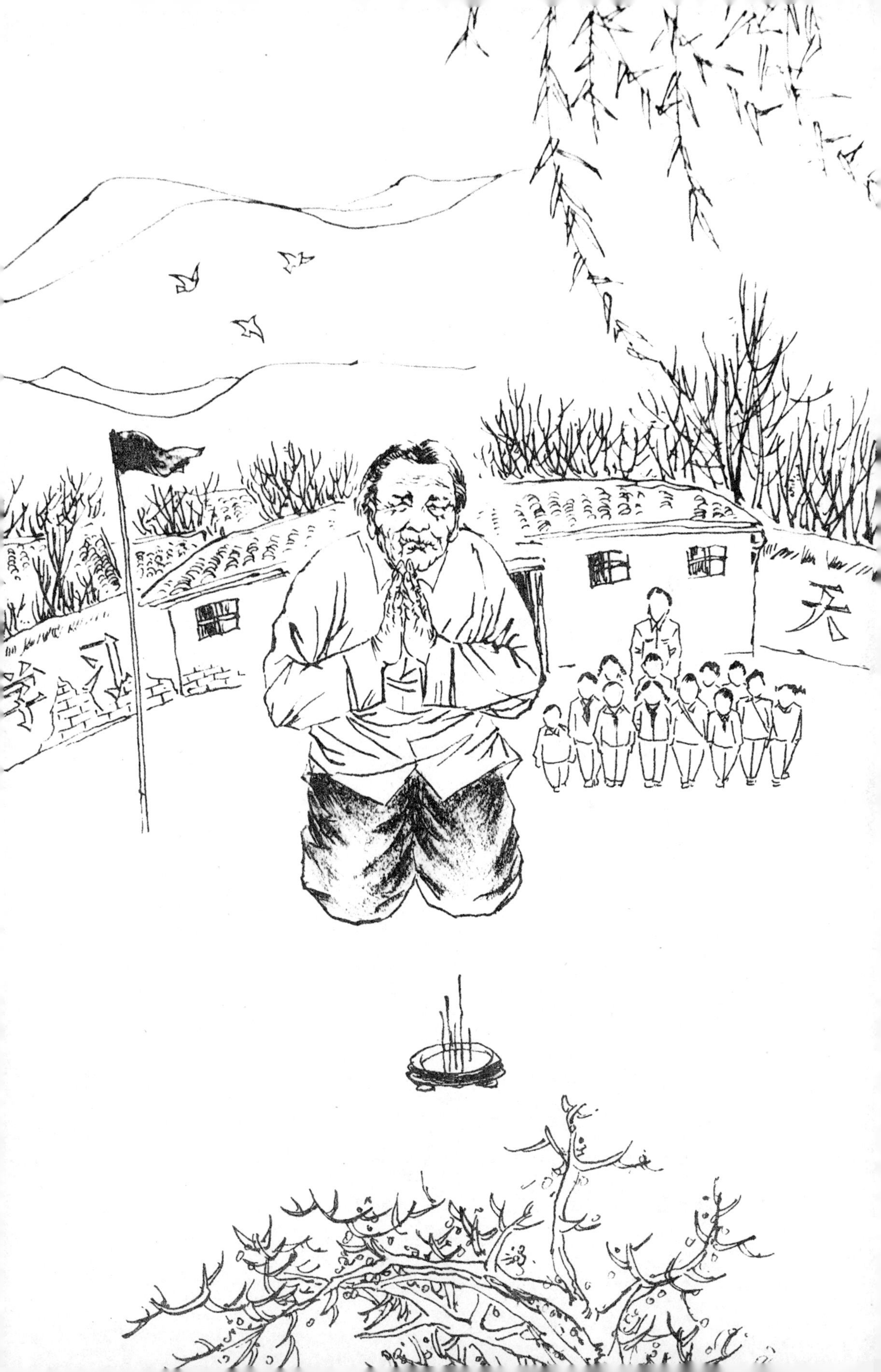

题外话,扯远了。

该说说王东了。

王东是广东一个房地产商,爱好收藏。王东在网上看到这条新闻,突发奇想:这么经典的广告片,这么大牌的明星,这么知名的导演和团队,如果把那些电风扇收藏起来,若干年后作为历史的见证物重见天日,肯定会引起轰动,肯定会价值不菲。

于是,王东悄悄地坐飞机来到呼市,然后在一家物流公司租了一辆卡车,拉着一车新买的课桌椅,风尘仆仆地赶到赵家沟。王东的到来,把校长乐坏了。校长要找人张罗欢迎仪式,王东赶紧阻拦道,还是让孩子们好好上课吧,我不过是在做点自己该做的事儿罢了。

搬完课桌椅,王东让校长陪他到处转转。时,正值九月,天气还是有些炎热。王东抹了抹脸上的汗水,问校长,为啥不给孩子使电风扇?校长解释道,刚开学,一切乱糟糟的,教室里还没来得及拉电线呢。王东看着破烂不堪的教室,说,拉电线又得费不少钱,为一台电风扇不值。校长迷惑不解地问,给娃们热天上课用,咋不值呢?王东说,他们是好心办坏事,我们城里的学校装的都是吊扇,哪有用台扇的。你想呀,这台扇的电插头电了人怎么办?扇叶子伤了手怎么办?你们晚上又不上课,干吗非要这样浪费。像这样的房子,没装避雷针,一旦拉了电线,雷雨天容易发生雷击,重则死伤,轻则火灾。校长如梦初醒,嘴里直嘀咕,是啊,我咋没想到这茬呢?

又转了一会儿,王东跺跺脚,认真地看着校长,说,唉,这些电风扇,其实是烫山芋,你用又不是,不用搁这里也浪费,还容易遭人说闲话。这样吧,好人做到底,我出五千块钱,你全卖给我,我拿回去给手下工人使。你拿这钱用在刀刃上,整一整这操场,别让孩子们一上体育课除了跑步还是跑步。

校长紧紧握着王东的手,热泪盈眶。

就在王东的车满载着电风扇离开赵家沟时,尘土飞扬里,他从后视镜里猛然发现学校操场边燃着几炷香,一个上了年纪的女人跪在一旁,正对着他的车影,虔诚地磕头。

传 奇

只是因为在人群中多看了你一眼,再也没能忘掉你容颜。

——王菲《传奇》

我一直梦想拥有一串玉石手排,价值不菲,格调高雅,但款式平淡。类似一个葡萄糖男人,粗粝的外表下,需要静心去品读他与生俱来的质感。男人佩戴玉石,彰显一种优雅。这种优雅,远非金灿灿的劳力士手表可以媲美。

每到一地,每经过一家珠宝店,我都会有意识地进去看看。数年,孜孜不倦。

那天在浙江义乌国际商贸城二区,忙完了正事,便去二楼的珠宝玉石城逛游。一上楼梯,发现一家"仇和麟玉石"档口。

顾客如云。寻觅了半天,我相中了一串玉石手排。询价。不讲价,880元。

在掏钱的瞬间,我突然意识到这种人群中的抢购,缺少机缘,非我所爱。

转悠。两个小时下来,我悲哀地发现,偌大的商贸城,上千家玉石珠宝档口,真正出售玉石手排的,却芳踪难觅。参照商贸城宣传画册的指示,我还去了四楼的新疆和田玉馆。而所谓的和田玉馆,其规模还不如街边一家小店。

忿忿然,再一次回到二楼。

好不容易找到了最初的"仇和麟玉石",就在离它不到20米时,我突然停住脚步。

我静静地站了一会儿,然后缓缓回头。身后,熙熙攘攘,利来利往。还有一个走廊的拐角处。我愣了一下,大步流星地朝那个拐角处走去。

拐角处,是另外一条商铺走廊。不长的走廊尽头,有一家珠宝店:古色古香的装潢,古香古色的筝曲,一个古色古香的女人,正坐在玻璃柜前,精致地喝茶。

玻璃柜最显眼处,赫然摆着一串手排,缅甸玉,温嫩碧婉,透明凝脂,娴静处,透着一种优雅的光泽,一如那低眉品茗的女人。

口干舌燥地询价。

女人浅笑,答道:3600。

女人的笑,化解了我的窘迫。我似乎换了一个人,闲闲地,陪女人聊天,喝茶。

一个上午,我死皮赖脸地坐在那里,蹭女人的"彩云红"喝,从原始社会聊到康熙王朝,从奥巴马的发迹聊到中国女足的凋零,从钱塘江的涨潮聊到科罗拉多州的月光。那是一个愉悦的上午。

临近中午,我壮了壮胆,说,如果你赏脸的话,我想请你吃个饭。

女人笑了,毫无矜持。

饭菜很简单。我们如一对恋人,在一楼的快餐厅里。

饭后,我送女人到她档口,打算告别离去。女人笑了笑,指着那串手排说,你拿去吧,我知道你喜欢,算是我们之间的机缘。

多少钱?

女人怔怔地看着我,一会儿,叹了口气说:400。

我戴着那串手排走出商贸城大门,心花怒放,暗想:以后不再买了,有这串,一生足够。

如果事情至此打住，不加任何虚构，算是一篇俗套的小说。

即使按照通俗的文艺小资套路，翻拍成电影，接下来无非是这样的：在以后众多个深夜，男主人公面对身边鼾声沉沉的黄脸婆，辗转反侧，在黑暗中轻抚手腕上那串手排，怀想，怀想那个愉悦的上午时光，以及时光里的点滴细节，至老至死……

可是，我画蛇添足了——

第二天，我坐在酒店里把玩那串手排，爱不释手。心想，如果再买一串女式的，送给爱妻，不是挺好吗？情侣手排呢！

于是，我又去了商贸城二区。

在二楼，我寻找了整整一天，汗流浃背，就是找不到那个档口那个女人。我向不少档主打听，描述那个古香古色的档口那首古香古色的筝曲和那个古香古色的女人，他们一脸惊愕地看着我，爱莫能助地摇头。

一夜之间，她仿佛在这个世界上消失了。或者说，昨天的一切，只是一个梦境。

我站在人头汹汹的客流中，轻轻抚摸着右手腕上的那串手排，顿悟自己这等心思，对于她是一种亵渎。

几天后，我回到家里，对妻子老老实实交代这串手排背后的艳遇。

她笑得稀里哗啦，说，人家骗你400块钱呢，书呆子，自作多情，入戏太深。

我委屈道，你知道那里的档口多少钱一间吗？

多少？

按照目前的市场行情，一间档口600万到900万，月租是8万到12万。人家折腾一上午，就为了你老公口袋里的400块钱？

妻子哑口无言。

约 定

> 还记得街灯照出一脸黄，还燃亮了那份微温的便当，剪影的你轮廓太好看，凝住眼泪才敢细看。
>
> ——王菲《约定》

午夜时分，男人从夜总会出来，车头一拐，一如既往地驶上了西环路。和以前不同的是，男人这次心情不太好，而夜空中正恰如其分地下着雨。雨，不是酣畅淋漓地瓢泼倾盆，而是细细密密，牛毛一般缠绵在两行灯柱里，让男人坐在车里愈发感到孤独。四野里黑魆魆的，不到三公里长的西环路，男人第一次感到它是如此的漫长。

西环路的末端，一个大拐弯儿后，便是宽阔的港口大道，再稍远点儿，还有一个灯火通明的加油站。路，男人熟呢。男人在大拐弯时，视野一调换，突然发现前方不远处的路边，孤零零地竖着一个灯箱。男人心里一动，不由减缓了车速，隔着玻璃对车外瞅了好几眼。细雨，像蚊虫一样围绕着灯箱上下纷飞。尽管灯箱有些简陋，上面"香香土菜馆"的字样也是土里土气，但在一团漆黑如墨的郊外，在这样细雨惆怅的午夜时分，对于一个醒着数伤痕的异乡人，它橘黄色的灯光，是那般的耀眼，那般的温情，宛如茫茫大海里航行灯。男人的心里暖暖的，眼睛有些湿了。

第二天天黑时分，男人推掉一切饭局，独自去了昨晚所看

到的那家土菜馆。走近那个灯箱时,男人犹豫了一下,将自己扎眼的豪车停在路边,步行了几十米走进去。男人所看到的景象,和想象中的有天壤之别。几间低矮的平房,一个偌大的农家院子坑坑洼洼,冷冷清清,一个扎马尾辫的女人坐在院子里看电视,一个香港无厘头的喜剧片,让她笑得前俯后仰,旁若无人。

女人见男人进来,起身招呼道,师傅,吃饭哩?师傅?男人怔了一下,"唔"了一声。你想吃什么?女人问。你有什么?男人挠了挠头,反问道。什么都有呀。那你看着办,随便炒点什么吧。男人有些茫然无措,对眼前一切显得很不适应。女人笑了,露出一口洁白的牙齿。男人也跟着傻笑起来。

不一会儿,女人很干练地端上来一小盘豆干炒猪耳朵,外加一碗白饭。男人犹豫了一下,欲言又止,拿起筷子吃了起来。女人坐在一旁,继续看她的喜剧片,偶尔笑眯眯地看一眼男人。菜鲜辣油厚,适合佐饭,是久违的儿时的味道,故乡的味道。男人有滋有味地吃着,偶尔也抬头看女人,发现女人的眼神中漾着一种慈爱,母亲一样亲切。男人感觉回到了读书的年代,周末从学校回家坐在饭桌前大快朵颐时,母亲就是这般看着他。

男人禁不住拐着弯子问女人,你今年三十几啦?

女人听了直笑,笑得无拘无束。女人说,三十几?下辈子啰。我今年四十二,都做奶奶了。

男人心里咯噔一下,不好意思地也笑了。男人今年也是四十二岁。男人内心涌现出无限酸楚,同龄人,人家却儿孙满堂。男人又颇为尴尬地自我安慰,乡下都这样,结婚早呢。

男人吃完饭,没有立即走的意思,女人便给他添了杯茶。男人点燃一支烟,吸了两口,吞云吐雾间,体味到了这茶余饭后的惬意。甚至,男人俨然男主人一样,觉得守着这样一个开朗淳朴的女人,守着这满天繁星下的农家小院,是一种理想的悠然生活,赛过任何风花雪月。

男人问女人,你老公呢?女人说,我老公开出租车,正当班呢。

男人又问,你生意这么冷清,为什么不做好一些?

女人奇怪地看了男人一眼,反问道,怎么个做好法?

男人放眼四周望了一阵,说,你这地方虽然有些偏僻,但可以发挥偏僻的优势,专门做有特色的农家饭,吸引城里人吃个新奇。这里不用什么大装修,越土气越好,从老家请一帮老厨倌儿来,就是乡下做红白喜事的那种厨师,大部分菜蔬从老家用班车捎运过来,图的就是原汁原味。男人为了加强说服力,不好意思地说,南城有一家就是这样经营的,生意特火爆。

女人好像不太感兴趣,说,我们哪来这么多钱投资?

男人说,钱不是问题,我可以借给你们,入股也行。

女人还是摇了摇头,说,钱是赚不完的,我这个年纪了,守着老公过日子,平平安安,比什么都强。

男人惊讶地望着女人。女人尽管有些鱼尾纹了,但扎着个马尾辫,一脸的笑意盈盈,在灯光下显得愈发俏丽年轻。

女人又说,其实我这里生意也挺好的。我主要是做出租车司机的生意,深夜很多司机来前面的加油站加油加气,习惯来我这里吃个夜宵,经常忙不过来呢。他们都是我老公的兄弟,每天早上出车前,喜欢来我这里吃米粉。我的米粉是从老家带来的,正宗的常德米粉,可好吃呢。我一个女人家,每个月能够挣个三五千块钱,虽然辛苦一些,但已经心满意足了。

男人眼睛一亮,问,你这里有正宗的常德米粉?多少钱一碗?女人说,五块,加肉六块。司机们说味道好着呢。

男人说,那明早我来尝尝。女人说,好,一言为定。

男人离开时,坐在车里,望着满天的繁星以及繁星下那个静谧的小院,还有那个竖在路边的温暖的灯箱,默默地抽了两支烟。

男人回到家,一开门,小情人娇滴滴地扑了上来,抱着他说,老公,美容院的贵宾卡要续钱了,你得给我一万块。

男人望着浓妆艳抹打扮得像妖精一样的小情人,勃然大怒,恶狠狠地骂道,一天到晚就知道钱钱钱,你烦不烦?男人骂完,一把推开小情人,怒气冲冲地把自己关在书房里,蒙头大睡。

午夜时分,男人醒了,躺在简易的沙发床上,双手枕头,禁不住想,再过几个小时,就可以吃上正宗的常德米粉,多一块钱,还可以加肉。想到这里,男人轻轻地笑了。那笑声,在薄暗的夜深处,熠熠闪光。

花花世界

石像还是偶像,亦有各派各式的理想。

——刘德华《花花世界》

一次,有记者问我:

"你写作的目的是什么?"

"弘扬真善美,传递温暖与希望。"

记者是个矮个子姑娘。她听了,泪光闪烁,无限敬仰地望着我。其实,我没有那么伟大。我必须老实承认,我写作,是为了骗女人。

在文学圈,备受文学女青年投怀送抱的,大致分为三等:一等人是主编大老爷,对于发表和获奖有生杀大权。二等人是评论家,黑白是非,俊丑好坏,全凭他媒婆式的一张嘴。评论家与女作家的关系,被圈内总结为一条定律:评论文章的深度,取决于女作家床上的功夫。三等人则是有点名气的作家,从纸上到床上,老师无微不至,手把手教女学生写文做爱,享受她的文学初夜。很多女作家的成长史,说白了,就是陪睡三步史,一步一个台阶,步步为营,直至登峰造极。

很荣幸,熬了多年,我熬成了第三等人,在我所在的城市算是首屈一指,身边自然不缺女学生。勤播种,广施肥,多浇水,从一张床到另一张床,从一个黑夜到另一个黑夜,孜孜不倦,像一头幸福的种猪。在忙活了几年后,我发现了自己的悲哀。所谓的

女学生，都是一帮残花败柳、朱颜已改的寂寞阿姨。她们以对文学无比崇敬的名义，和我这个老师在床上战天斗地，昼夜不分。到底是我在耕耘她们，还是她们在收获我？现实巨大的嘲讽，让我无比沮丧。

还好，丁薇补上了这个缺。

丁薇，三十岁左右，皮肤白皙，形象端庄，气质优雅，挺典型的城市少妇。当丁薇第一次拿着一沓文稿毕恭毕敬地站在我面前，腼腆地叫一声"夏老师"，我内心欣喜若狂，没有理由拒绝这个天赐的尤物。

因为丁薇，我收敛起平日众多不检点的细节，温文尔雅，举手投足间像一个正人君子。广积粮，缓称王。我不急不躁，欲擒故纵，期待一切水到渠成。我不仅要得到她的人，更要拥有她的心。也许，我是爱上她了。

半年后，丁薇的几篇作品，经过我逐字逐句的修改，在几家省级刊物闪亮登场。我不敢对她坦言自己送了不少土特产，而是大肆赞扬她文字的魅力，使众多读者饱受感染。

丁薇一脸喜滋滋的，对我感激涕零。

该收网了，我想。这时，恰逢省城开笔会，我特意带上她，美其名曰去见见世面，其实是想制造一个相处的机会。

等到了省城，我才明白，真正需要"见见世面"的不是丁薇，而是我这个傻子。头一个晚上，我还来不及表白，丁薇就一头扎进了贺老师的房间。贺老师是著名的评论家，年过半百，秃顶，却是第二等人中的翘楚。从贺老师过后发表的一系列评论文章来看，丁薇床上的功夫了得，肯定是闪转腾挪，花样迭出。因为贺老师的推波助澜，丁薇一时风头无两，远远盖过了我这个老师。

自己盘子里的肥肉，精心烹饪了多时，临到下筷子时，却给别人抢了。我异常愤怒,却敢怒不敢言。我的心像猫抓一样难受。别说是对贺老师公开叫板,连我都恨不能变成母的,在他床上享受一下潜规则。我承认自己没有出息,但不代表不报复。

该说说老武了。

像我一样,老武也天天梦想被贺老师潜规则一下,可惜他也没有这功能。我好歹还可以甩出几瓶好酒和几麻袋土特产,老武却是物流公司的搬运工,薪水微薄,穷得叮当响。最要命的是,老武也好文学这一口,折腾了好几年,全家举债,自费出版了一部长篇小说《花花世界》。书问世后,老武没事就提溜上一摞,满世界转悠,一见熟人就刷刷刷签上自己的大名,双手奉送给人家,还一个劲地解释:我不是在揭露人世间的灯红酒绿,而是描写了一个叫花花的小女孩身边的世界,是儿童文学。他解释的样子,极为虔诚。

老武遇到贺老师,有些偶然,是在酒店的电梯里。市文联在某酒店召开年度总结大会,贺老师作为嘉宾被请来了。老武也是来开会的。他刚进电梯,发现身前站的竟然是贺老师,鼎鼎有名的大评论家贺老师。老武忙不迭地从随身携带的包里翻出一本书,刷刷刷,签上自己的大名,然后双手举过头顶,一鞠躬,恭恭敬敬地说,贺老师,我是武春根,刚出了一本书,想送给您,希望您有空看看。

想必是和丁薇闹了别扭,那天贺老师心情很不好,否则他当时不会说出这样的话来。他说,我每天很忙,不需要你的书,你的书对我来说,是垃圾!你还是有空多读读别人写的书吧!说完,电梯门开了,扬长而去,空给老武一个背影。

老武站在原地,愣了老半天,才缓过神来。老武恶狠狠地踢了两脚电梯门,骂道,狗屁东西,你有什么了不起!

我知道这事儿后,对老武诡秘一笑,惋惜地说,唉,你错过了一个千载难逢的机遇。

什么机遇?

如果你当时反应过来了,以他的傲慢无礼作为借口,揪住这丫的揍一顿,你立马红遍全国,你的《花花世界》也会被炒得大卖热卖,超过《花花公子》也说不定呢。

老武眼睛一亮,惊呼,娘哎,我怎么没想到这茬呢。

我犹豫了一会儿,继续说,我给你提个醒儿,下个礼拜,贺老师会来我们这里参加一个诗歌研讨会,还是那个酒店。明白吗?

嗯,我知道了,我可以再送一次书给他,千方百计把他激怒。到时,带一块板砖去,我要给这家伙美美容。

我轻轻地笑了,拍了拍老武的肩膀,亲昵地说,兄弟,你终于要熬出头了,大哥先恭喜一下!

老武眉开眼笑。

春天里

可我觉得一切没那么糟,虽然我只有对爱的幻想。

——汪峰《春天里》

二十三岁的春天,我在故乡的一个小县城里胡混。无聊时,常坐在赣江边的码头上看女人们洗衣服。

春天的早晨,阳光明媚,空气干净,舒展的天空下,面对一江清水,我像个退休老干部一样,坐在废旧的码头上,望着脚底下一群洗衣浣纱的女人发呆。而几个真正退休的老干部,老僧入定,于江边嶙峋的怪石上垂钓。再远处,有牛在江堤上静静地嚼草,偶尔抬头不解地望着我。

我当时坐在那里,别看呆头呆脑,其实趣乐无穷。

首先是看衣。从洗的衣服,琢磨一个人的家境,还有她的实际年龄。少妇一般端个洗脸盆,三五件衣服,来去云一般婀娜,中年妇女则是上老下小,上班的读书的,大包大揽,满满的一大脚盆累得气喘吁吁。我还见过老妪洗丁字裤呢,鬼都知道,那是年轻的孙女或者小儿媳妇不知廉耻。

其次是观人。撅个肥嘟嘟的屁股蹲在水边,衣领下两团白肉一颤一颤,这样的女人笑声朗朗,不用说,昨晚一定是地动山摇。反之,低声闷气,将手里的衣锤擂得山响,拿衣服撒气,那肯定是老公彻夜无归。还有些,目光呆滞,半天不动,衣服被水冲走也浑然不觉,这样的女人,十有八九是老公外出打工,思郎心切。

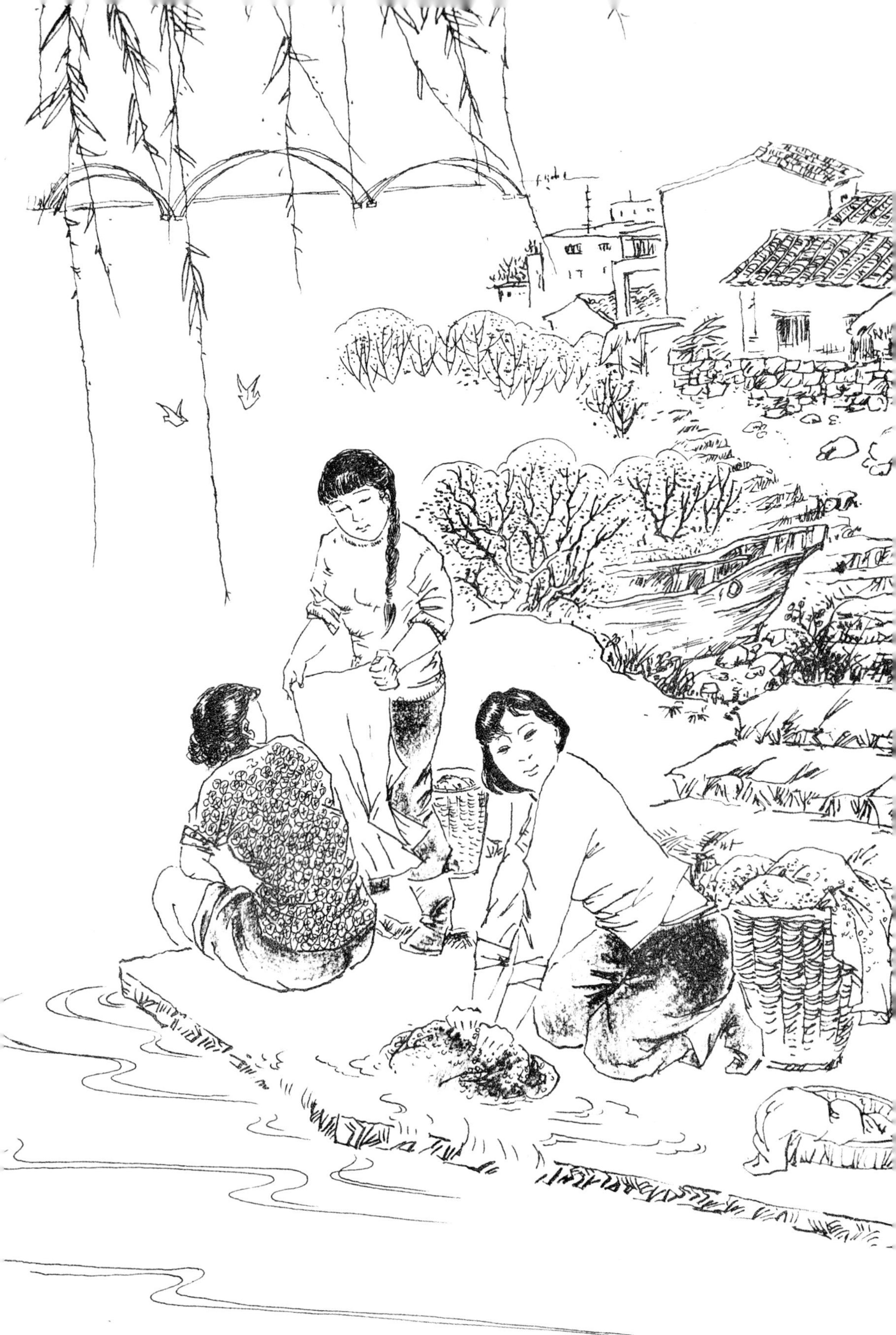

我浪费这么多笔墨,是想说明我在认识李小翘时,真不是和那几个退休老干部一样,无所事事,还美其名曰修身养性来糊弄自己。李小翘当时很扎眼,脸色憔悴,头发枯黄,少有女人和她拉话,看起来有些孤独。我观察了几天,发现是那堆女人有意离她远远的,有意冷落她。从她洗的衣服来看,她有一个两三岁大的孩子,还有一个老太太,但没有老公或者老公不在身边。

一个早晨,阳光虚头虚脑,我依旧坐在码头上。李小翘蹲在江边的石阶上揉搓衣服,身子一倾一倾,不时露出她后腰上的一截白肉,还有红艳艳的内裤若隐若现。我正看得入神,这时从码头上冲下去一个老太婆,一把揪住她的头发,手指在她的鼻子上指指点点,嘴里破口大骂。这一切来得有些突然。李小翘面红耳赤地愣了一下,转而笑吟吟地看着老太婆,打不还手骂不张口,像一个小姑娘面对母亲在她头上找虱子一样乖巧温柔。旁边洗衣服的几个女人停下手里的活儿,意味深长地看,意味深长地笑。

我看不下去了,霍地站起来,在码头上一声断喝:嗨,老太婆,你讲不讲理?你不觉得自己太过分吗?我承认自己骨子里还是一个书生,对一个老人家不敢爆粗口,只能用文绉绉的反问句加强语气。老太婆一听,斜睨了我一眼,放下李小翘,转身奔我来了。她一边步伐稳健地往码头上蹿,一边对我骂开了:哪里来的野汉子,你以为你剃个光头,我就怕你呀!我吓得拔腿就跑。我的身后,一群女人嘎嘎的笑声,把江水震得一愣一愣的。

从此,只要我一出现在码头上,那群女人就议论纷纷,说我是李小翘的野汉子。我听了一点都不恼,笑眯眯地看着李小翘。我想我是爱上她了。李小翘呢,无视我的存在,依然撅着屁股在江边一翘一翘。

有一次,天气特别晴朗。李小翘蹲在江边足足翘了半个上午,被套、毛毯、过冬的衣服,堆积起来像一座小山,累得她喘不过气来。她拧被单的样子非常吃力,而这时,那群洗衣服的女人早走光了。我撇着两条瘦腿奔了下去,抓起被单的另一头,和她对拧起来。李小翘打量了我一眼,犹豫了一下,说,你每天这样,到底怎么啦?

我说,失恋了,她死了。

死了?

跟有钱的老板走了,和死了有什么区别。

李小翘的脸上抽搐了一下,别转脸看着对岸。我们抓着一条绳一样的被单戳在那里,像江边两截拴船缆用的石头墩子,任由脚下的江水汩汩地冲洗。许久,她抿着嘴说,我知道你喜欢我,可我是个寡妇。你看,她们都远远地躲着我,说我克夫,是个丧门星。

我目光坚定地看着李小翘,说,你还有一个孩子和婆婆,对吧?这些都不重要,我会善待他们,跟我走吧。

多年后一个春天,我和李小翘回过一次那里。同样是一江清水,除了几个垂钓的老人外,码头上冷冷清清。李小翘感慨地说,现在家家户户都有洗衣机,那群女人享清福了。我说,她们嘴太碎,都不是什么好人,还嫌弃我老婆,哼!

李小翘说,可不能这样说,其实她们都挺好的。你当时剃个光头,愁眉苦脸地坐在码头上,她们整天担心你跳江自杀呢。

我听了乐不可支,说,靠,我每天那么忙,日理万机,连洗头的时间都没有,哪有闲工夫玩跳江呀。

李小翘笑笑,说,最初,大家真是这样认为的,先洗完衣服的人,走时会叮嘱后来者,说把这个小伙子盯紧点,可不能让他寻短见!后来者洗完衣服等不及了,也要走了,又会叮嘱后后来者……

屋顶上的猫

那是夜的鸟,丘比特的脚。

——七八点《屋顶上的猫》

春天就要来了。猫在不远处叫了起来。只不过那猫的叫声过于悲恸,类似婴儿般号啕大哭,里面夹杂着满腔委屈和一生无奈,无休无止,昏天暗地,用一种近乎神经质的疯狂,让周庄的午夜烦躁不安。

这对于居住在春来客栈的游客来说,简直是一场灾难。飞机、高铁、大巴,他们千里迢迢,不辞辛苦,无非是想在这静夜安逸中枕水而眠,酣然入梦。可是,他们的美梦全让这猫叫春搅乱了。

第二天一大早,就有两个常住客退房搬走了,其他游客也是瞪着熊猫眼,纷纷向客栈的老板娘春兰表达自己的愤怒。春兰坐不住了,气呼呼地叫醒丈夫春来,去,你去说说你妈,养什么破猫,这客栈还开不开?末了,忍不住嘀咕了一句,想不到人老了老了,心思却不少。春来知道老婆的意思,无非是指前街的王二伯和娘,两人孤男寡女,彼此意思很明显。最匪夷所思的是,王二伯家里也养了一只猫,唉,公的,猫通人性。

春来找到娘时,正是晌午,老人在隔壁自家院子里晒太阳。年关的阳光,饱满壮实,黄澄澄的,笼罩着整个小院。老人窝在椅子上打盹,时不时地,睁开眼睛看看猫。猫,灰不溜秋,乖乖地趴

在屋顶的黑瓦之上，也在打盹，偶尔也睁开一双黄溜溜的圆眼睛，瞅一眼老人。猫的头顶，是天空，白云缱绻。

春来对娘说话的意思很简洁，赶紧把这罪魁祸首的猫撵走，否则游客会跑光了。一家人的吃喝，都指望这客栈嘞。临走，他也和老婆一样，小声嘀咕道，还是多为儿孙的脸皮想想吧。

猫毫不理会这人世间的曲直，到了晚上，依然是午夜，依然号啕不止。开始是在屋顶，看见老人拿竹竿来赶，嗖的一声蹿入夜色茫茫中，毫无踪迹。待老人刚进屋，它又在河边的老树上，远离着人群灯火，于夜幕下继续它长夜难挨的骚动。老人追赶了几次，便垂头丧气地坐在床上，一个劲地叹气，前世的老冤家，你把你那猫放出来会死啊？叹完气，关了灯，黑暗里一个人蒙着被子，呜呜地哭。不远处，猫在屋顶上叫得更欢了，严格意义上来说，是更为瘆人。周庄午夜的神经，在这猫叫春的声音里被无限膨胀，膨胀到让人的脑袋快要爆炸了。这次，不仅春来客栈顶不住了，就连住在周边几家客栈的游客也是义愤填膺。

天还未亮透，老人还在床上睡觉，春兰就旋风一般闯了进来，一边用竹竿撵着猫打，一边嘴里骂骂咧咧：叫你骚，我叫你骚！猫躲在衣柜上，泪汪汪地看着老人。老人拦住春兰，跺脚说，我保证，它今晚不再叫了。春兰将竹竿摔在地上，一边走出屋一边回头往地上吐唾沫，呸，不要脸的东西！

又是晌午，老人和猫，一个在院子的椅子上，一个在屋顶，又是在晒太阳，偶尔，彼此对望一眼。老人默默地坐了好一阵，然后站起身，对猫招了招手。喵呜——猫亲昵地应了一声，奔入老人的怀里。

老人抱着猫进了里屋，坐在床上，拥入怀中嗯嗯嗯地哄着，像哄孩子睡觉一样。突然，老人一把扯过被子，捂在猫的头上，死死地勒住猫的颈脖不放。猫四条小腿拼命地乱蹬,蹬着蹬着,越来越慢。老人一迟疑,把手撒开,坐在床边大喘气。猫自个从被子里挣扎着爬了出来,一把蹿上屋顶,缩在屋顶的瓦垄里,委屈地看着老人。老人忍不住泪水涟涟,一边哭一边埋怨不争气的猫:没事你瞎叫什么?没事你瞎叫什么?

傍晚时,老人抱着猫出门了,她站在双桥上,对着河道尽头的一栋房子,愤愤地看了一眼,然后沿着河的另一头,夹杂在熙熙攘攘的游客之中,走进了镇人民医院。

医院里一位年轻的大夫听说老人要给猫找一种哑药,惊得不知所措。他不得不给老人解释,说这里是看人的医院,不看猫。看猫得去宠物医院。

宠物医院?宠物医院在哪里?

周庄没有,得去昆山,或者上海,您还是先去昆山找找吧,应该有的。

按照大夫的提醒,老人抱着猫,坐上了开往昆山的大巴。大巴启动的刹那间,老人扬起头,默默地看着车窗外的周庄。

世界在周庄的上空黑了下来。

极乐世界

我们活着也许只是相互温暖。

——郑钧《极乐世界》

有一天他起早了,走着走着,想到街边的早点摊喝碗豆浆。点餐之前,他先绕到摊后看了一眼,看到一桶洗碗水,里面还泡着碗,与一桶泔水差不多。他当时就下定决心,再不到小摊上吃东西。

他继续向前走,感到更饿,站在一家餐饮店门口,观察了一会儿,屋里干净敞亮,食客不少。他迈步进去,要了一碗牛肉拉面。正要吃,门口进来一个供应商,邋里邋遢,摩托车后座驮着两大袋裸露的面粉。他看了一眼,看见尘土飞扬的马路,看见摩托车黑乎乎的尾气,他搁下筷子扭头走了。

他不敢到外面吃了。回家的路上,他打电话给妻子,叫她煮碗粥。他一进家门,看见餐桌上热气腾腾,心中甚为温暖。他端起粥小心地喝了两口,突然,盯着妻子的手,警惕地问,你今天洗手了吗?妻子纳闷地看着他,回答道,你打电话给我,我还在床上,就赶紧起来淘米熬粥,哪有时间洗手,我现在连牙还没刷呢。他闻言,感到胃里翻江倒海,立马跑进卫生间。昨晚,他们过了夫妻生活,妻子身上不方便,用手帮他解决的问题。他妻子很凶悍,他不敢多言,关上卫生间的门,一个人躲在里面狂吐不止。

等到他吐完,重新刷牙洗脸,感觉好些了,再一次回到餐桌前。那个装粥的碗竟然空了。他忙问妻子,粥呢。妻子说,婷婷喝了,上学去了。他脸色苍白,直冒虚汗,感到一阵恶心,又在卫生间忙了半天。妻子惊问他怎么啦。他支支吾吾说肚子不舒服,可能是昨夜着了凉。妻子说,那我帮你给单位请个假吧,今天就别去了。

妻子走后,他坐在沙发上,孱弱如泥。尽管他知道没有科学依据,也不合乎逻辑,但他总是忍不住想,女儿会不会怀孕啊,如果怀的孩子生下来和自己一模一样,该叫他外公还是爹?他感觉自己大逆不道,怎么会萌生出这种罪恶的想法?但是,没过多久,他依然忍不住会去想。一个上午,他神情恍惚,像一头驴一样,在屋子里不停地转圈。转到下午,他快受不了了,感觉自己真的病了,应该去看医生。

坐在一个满脸粉刺的心理医生面前,他说了事情的经过。他实在是无法启齿,说通过妻子的手和一碗粥的传播,担心女儿会怀孕。他隐瞒了这种荒唐的想法。这一切毫不影响年轻的医生的诊断和治疗。医生问他,你为什么要吃早点?他如实回答,饿了。医生问,那吃饱后为了什么?他说,工作。医生问,工作是为了什么?他说,养家糊口。医生问,养家糊口是为了什么?他想了一下,说,为了儿女。医生问,儿女大了呢?他望着窗外,沉默了一会儿,沮丧地说,儿女大了,我也老了,该去另一个世界,腾开地方,给他们让位。医生说,人活着,一辈子就这么回事,别把自己看得太金贵了。

他不是很赞成医生的观点,但又不能说没有道理。他似懂非懂地点头,从心理诊所出来,已经是黄昏。城市的边缘,一轮夕阳将落未落,下半截浮在高高的楼宇之上,上半截却埋没在灰扑扑的暮云里。他望了一眼,就像望镜中的自己一样充满苍凉。然后,他深一脚浅一脚,走在川流不息的人流中。

路上,他看到一个老乞丐坐在银行门口高高的台阶上,破衣烂衫,胡子老长。他眯缝着眼睛,看着看着,似乎又一次看到了自己的老,眼里涌出些湿润。那乞丐正在有滋有味地喝一瓶啤酒,一仰脖,咕咚几大口,再用手掌抹了抹胡子上沾的酒液,舌头在手掌心舔了几口,一抬头,看见他在看自己,快乐地笑了。

他心中涌起无限感慨,唉,人家过的这才叫日子。他走上去,挨着老乞丐坐下。他仓皇四顾,突然进入了一个极乐世界:台阶下,路人来来往往,蚂蚁般行色匆匆。

他觉得路人很可怜,而自己作为其中的一分子,曾经失去了太多。

老乞丐将手里的啤酒瓶递给他。他惊讶不止,不敢伸手去接。老乞丐微笑地看着他,很坚决地,将酒瓶立在他眼前。他迟疑了一下,接过抿了两小口,紧接着,一仰脖,咕咚几大口,再用手掌抹了抹胡子上沾的酒液,舌头在手掌心舔了几口,一抬头,看见老乞丐在看自己,也不由快乐地笑了。

盛夏的果实

我要试着离开你，不要再想你。

——莫文蔚《盛夏的果实》

天，一天天热了起来。

临出门时，妻子正在洗碗，举着两手泡沫，在厨房里唤他，喂，顺道儿去买台电风扇。他看着满头大汗的妻子，迟疑了一下，埋怨道，买那么多做咸菜呀，早就说了添个空调，你偏不听。

空调吹多了容易感冒，对身体不好。再说了，光那电费，就让人心里无法安生，买罪受……妻子的絮叨又开始了。他皱着眉头，只身出了家门。

他在商场选好了一台空调，围着不那么漂亮的导购小姐拉话，拉了半天漂亮的话，人家满面春风，答应送一台电风扇给他。

他把电风扇搁在车后备厢里，指挥两个安装师傅进了另一个家门。和很多有点钱的男人一样，他也养了一个情人。

情人是夜总会推销红酒的。断断续续向他推销了两三万块钱红酒，最终把自己也推销给了他。半年后，情人干脆辞职，在小区租了一个小套房，一心一意做他的情人。眼看着天一天天热了起来，情人说，老公，我们买台空调吧。

他说，空调吹多了容易感冒，对身体不好，还不如电风扇呢。情人撅着嘴，嘟囔道，都什么年代了，还吹电风扇，老土。人家都快热死了嘛。

买空调对他来说,不算个事儿。他看着情人风情万种的撒娇状,一高兴,答应了。

　　空调装好后,他往情人那边跑得更勤了。开会,出差,洽谈业务,同学聚会,他经常夜不归宿,编排各种理由搪塞妻子。妻子非常固执,崇尚低碳生活。盛夏之夜,他和妻子像两具干尸一样挺在麻将席上,酷热难耐。床头的电风扇,吱吱吱地转着,没完没了,像妻子平日里挂在嘴边的唠叨。

　　情人这边,则是另一番天地。情人喜欢冬天,喜欢拉上厚实的窗帘,把空调开到十七八度,冷飕飕里,想象着窗外千里冰封万里雪飘。两个人躲在厚厚的被窝里,相互取暖,做情人之间该做的一些事儿。有时,还弓在被窝里打扑克,走跳棋,玩电子游戏。或者,什么都不干,互相抱在一起,于黑暗中沉沉睡去。只有当手机炸响,铃声大作,他才意识到外面还有一个世界,一个炎天暑热的世界。他惊得做贼一般坐了起来,在丝丝的冷气里,对着手机小心翼翼地嗯嗯啊啊。半天,电话挂了,他依旧惊魂未定,将冻得瑟瑟发抖的身子往被窝里缩了缩,在黑暗中双手枕头,望着天花板发呆。情人向他怀里游了过来,假装若无其事地问,谁呀,你老婆?他也假装若无其事地撒谎道,不是,一个客户,烦人。

　　他不敢在情人那边过多逗留,不一会儿,找一个借口,急匆匆回到妻子身边,继续在电风扇下,像两具干尸一样挺在麻将席上,继续听妻子的唠叨。转而,又回到情人厚厚的被窝里,继续相互取暖,继续做情人之间该做的一些事儿。

　　整个夏天,他在两个女人之间来回奔波,苦不堪言。烦躁之余,他习惯泡在网上,守着QQ发呆。他所期待的那个头像,始终是灰的,亦如他的沮丧。

　　夏天过去是秋天。秋风萧瑟时,电风扇和空调瞬间成了一种摆设。妻子把电风扇拆洗干净，用报纸包好，搁进了储物室，说这电风扇呀，其实是好东西，关键要懂得清洗和保养。情人那边，在一次取暖运动后，欲言又止，半天，鼓足勇气说老家给她相了一门亲，问该怎么办。他垂头良久，掏出一张存折递给了情人。

情人走后，他把租的房子退了，面对用了一个夏天的空调，他犹豫再三，找人拆卸下来，搬回了家。

妻子见他大冷天弄一台空调回来，惊问怎么回事。他支支吾吾说一个朋友回北方去发展，嫌带着碍事，便送给了他。

妻子喜出望外，将压缩机和出风机抬到阳台上，里里外外擦洗着。妻子指着抹布上一层厚厚的污垢给他看，叹息道，你这朋友，不会过日子，啧啧，糟蹋好东西啰。

他望着妻子蹲在阳台上干瘦的背影，有一种想哭的冲动。那晚，他给了妻子一个丈夫该给的温存，悠长，热烈，像新婚之夜的缠绵。

半夜里，他醒来，起身打开电脑，将 QQ 好友里一个叫"空调扇"的名字，修改成了"蒋小兰"。蒋小兰是他高中的同学，是他的初恋，也是他无话不谈的一个远在异国他乡的网友。

日光机场

剪一段日光,解爱情的霜。

——许茹芸《日光机场》

我在机场路春天花园有一套空房,一室一厅一厨一卫。亲,如果你正处于受伤期,需要找一个安静的港湾疗伤,那赶紧联系我吧。

望着电脑显示屏,果果怔住了。

这是本地论坛上的一个帖子,楼主的 ID 叫"墨者"。果果大学读的是历史专业,当然知道墨者的含义。几乎是一瞬间,刚失恋的她,决定上那儿去住几天。果果试着用论坛消息联系对方,并告知自己的手机号码。很快,有人往她的手机上发了一条短信:18 栋 902 房,钥匙在门口的鞋柜下面。

房子不大,但很洁净。除了卧室里摆了一张简易的木床,几乎没有任何家具,空荡荡的。一室一厅一厨一卫,果果瞅了几眼,便门窗紧闭,倒头呼呼大睡,像一个跋涉多日的旅者。

果果醒来时,夜已经黑透了。窗外,滴水成冰,寒冬的烈风呼啸不止。被子很干净,是乡下的那种棉花被,温暖厚实,像母亲的怀抱。一想到母亲,果果心里暖烘烘的,感觉住在这里很踏实。

起来解了个手后,果果拥着被子坐在床头,百无聊赖地点燃了一支烟。这时,她惊喜地发现床边的窗台上放着一台迷你音响。顺手摁下播放键,轻柔的钢琴声跳跃而出,紧接着一个女子的吟唱缓缓响起。她天籁般的嗓音,从云端滑落下来,无遮无拦,潮水般将果果吞没:从云端到路上,从纠缠到离散,有缘太短暂,比无缘还惨……

这一切来得太突然,让果果措手不及。她的眼泪,大颗大颗地跌落下来,跌在被子上,成了伤心欲绝的碎花瓣。黑暗中,她号啕大哭,瘦削的双肩抖个不停,像一个受伤的软体动物。她原本以为一切快要过去了,没想到许茹芸的一首《日光机场》,轻而易举地撕开了她还没有完全愈合的伤口。

一首《日光机场》,反反复复。在许茹芸空灵缥缈的歌声里,果果无所顾忌,哭成泪人。她从没有这么痛快地哭过。两个多小时后,沉积在果果心中多日的壁垒消融了。她想以后再也不会为那个男人伤心难过了。因为,她刚才用自己的哭声和许茹芸的歌声,为那段不堪回首的过去举行了隆重的葬礼。

果果打开灯,穿好衣服,站在洗手间的镜子前,默默地打量着憔悴的自己。许久,她长长地吁了口气,感觉到了一种前所未有的轻松。她心想,面对一个背叛自己的男人,没有理由不把自己从里面释放出来,没有理由不活出个人样来。

从洗手间到卧室,从卧室到客厅,来回踱了几步,果果感到自己很饿,饿得厉害。也难怪,她足足两天粒米未进。

厨房里,不见任何炊具,清冷的灶台上搁着一把电热水壶,还有几盒方便面。果果一边对着水龙头给壶里续水,一边嘴里忍不住嘟囔:靠,这也太墨者了吧!

水烧开后,果果拿起一盒方便面,正要撕开,发现底下还压着一张纸条:如果你想对自己好一些,橱柜里有美味的火腿肠。果果忙打开橱柜,还真发现了几包火腿肠,也有一张纸条:如果你想对自己再好一些,床底下还有更美味的卤鸡翅。果果又跑到卧室里,趴在床边朝里面费劲地摸,摸出了一个纸箱,里面搁了几包卤鸡翅,同样也有一张纸条:如果你想对自己最好,现在可以开怀大笑。字的一旁,还画了一张大大的笑脸。果果捧着纸条,轻轻地笑了,笑得很快乐。

果果忍不住琢磨起来,这个墨者,字迹端庄遒劲,看似刻板,实则是个有趣的男人。房内设施简陋,甚至寒酸,除了一张床一把电热水壶,别无他物,但从很多细节可以看出来,这个男人内心细腻丰富,譬如那首非常适合疗伤的《日光机场》、床头的纸巾、马桶上的笑话杂志。

天亮后,晴日朗朗,果果站在阳台上,望着不远处的青山绿水,舒舒服服地伸了个懒腰。活着,真好,为什么以前就没发现呢!果果由衷地感慨道。发完感慨,果果想了想,还是拨通了墨者的电话。她很想真诚地道一声感谢。

可是,里面传出来一个女子的声音:你好,哪位?

果果说:我想找墨者。

那女子说:我、我也不知道谁是墨者啊。

果果愣住了,纳闷地问,不是你昨天发短信给我的吗?

对方轻轻地笑了,说:是我发的,但我也不知道那房子是谁的。和你一样,我也是疗伤者,前段时间在那里刚刚住过。

挂完电话,果果蒙了。

好一会儿,她像明白了什么似的,开始屋里屋外忙碌起来,宛如一个标准的钟点工。直到太阳快落山时,她才擦了擦汗水涔涔的额头,依依不舍地离开。那么,在这么长的时间里,果果究竟做了什么呢?

她先把被子抱到阳台上去晒,又洗了被单,做了全屋的卫生，然后清理了垃圾，再去楼下小区的便利店里采购了一些方便面、火腿肠和卤鸡翅，将这些食品和那几张纸条复归原位，将一切恢复到最初的模样。临走时，小心地把钥匙放在门口的鞋柜下面。一切，似乎她从未来过。

也不对，她还额外做了一件事儿——她买了一箱纸杯装的速溶咖啡，放在阳台上。箱子上贴了一张纸条：现在一切都好了吧？那么，就来杯咖啡犒劳自己吧，好好享受这美好阳光。

寂寞在唱歌

你听寂寞在唱歌,轻轻地,狠狠地……
——阿桑《寂寞在唱歌》

那一年,我高考落榜,整天在家无所事事,便上春城投靠我表哥老肥。用我父母的话来说,就是学做生意,寻一条出路。

老肥在春城开旅馆,肥得流油,富得流油。

春城,一江波光潋滟的江水,于城中穿过。城里人贪恋江景,在江边建了个巨大的滨江广场,有沿江走廊,有休闲长椅,有健身器材,有歌厅酒吧。月挂树梢之际,这里便成了广大市民消遣娱乐的好去处,也是众多网友私下幽会的隐蔽场所。

网友通过互联网相互认识,往往不是太熟络,先是心有灵犀地找个借口坐一块儿,慢慢发展到躲进花草树林里搂搂抱抱。搂抱久了,嘴便啃在一起,一只手在人家胸前摸鱼,另一只手不安分地要去解人家的裤带。女人立即惊了,起身甩开男人的鸡爪子,愠怒之余,藏着娇嗔,一句"讨厌"让男人如梦初醒。男人明白此地不合时宜,便着急地四下里瞄。这时,老肥的生意来了。

夜幕下,老肥的"春水流客栈"的霓虹灯分外晃眼。

老肥的旅馆只有钟点房,房间档次不低,却只收 40 元,超出两个小时另计费。这房价也太便宜了吧?你赚啥?我忧心忡忡地问。

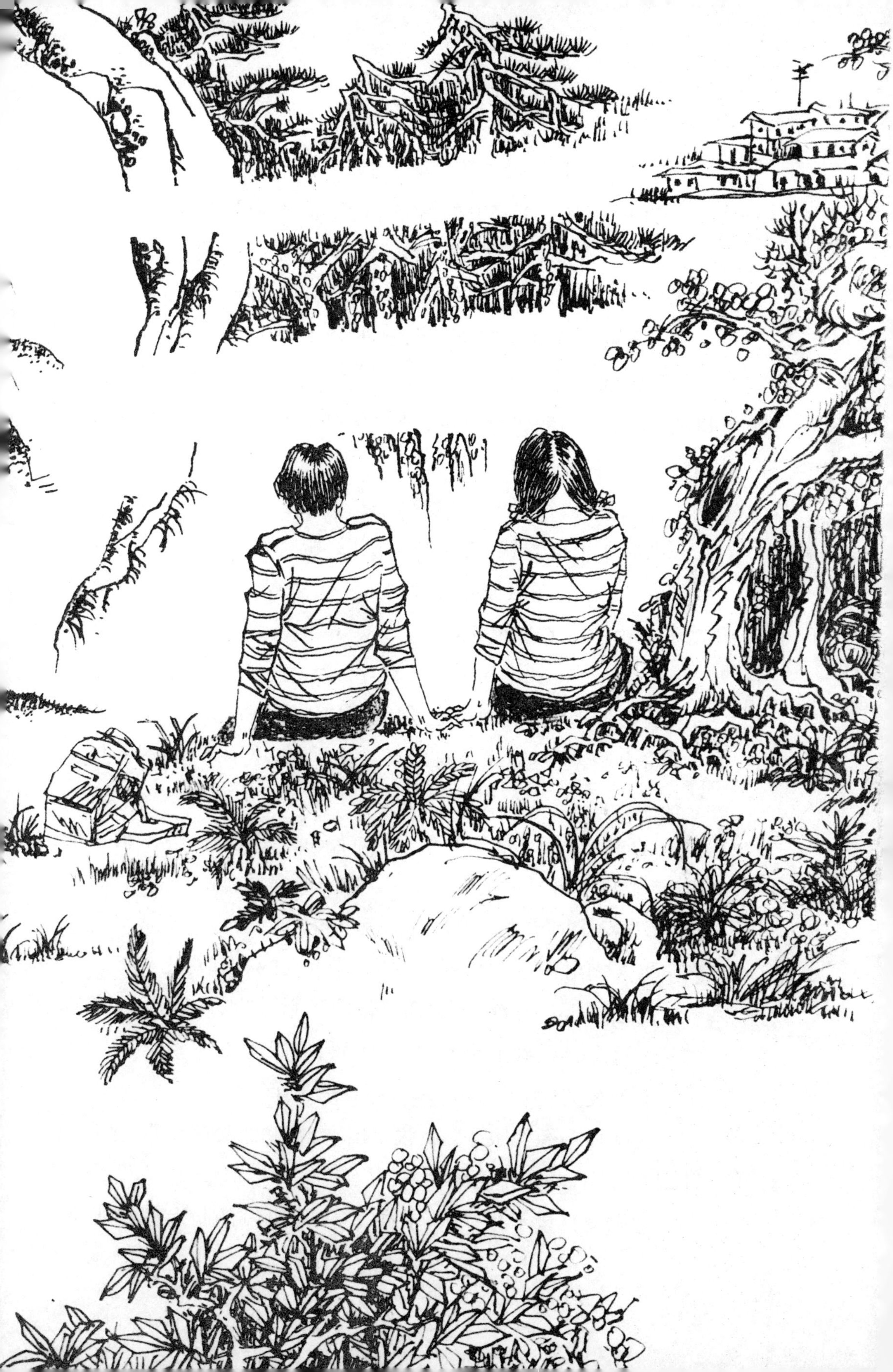

赚啥？老肥打量了我一眼，嘴撇了撇，说，你瞧好了！

这时，一对三十多岁的男女下楼，待女人径自走远后，男人前来退房。老肥瞥了瞥身后的时钟，声音瞌睡般慵懒，说，一个半小时，40元，"小雨伞"两把，100元，一起140元。

男人的脸上跳了一下，问，啥叫"小雨伞"？

老肥四下里瞅了瞅，压低声音说，"小雨伞"就是安全套，进口的，没见上面明码标着价？哥们儿你太厉害了吧，这么短的时间报销了两只，佩服！

男人笑笑，扔下钱，得意地哼着歌走了。

老肥手里捏着钱，看着我不说话，肥嘟嘟的脸上似笑非笑。我顿时明白了，不由惊叹，娘哎，太不可思议了！一只避孕套卖人家50块钱，你进价多少？

一块二！

我愤怒地跳了起来，说，你就不怕人家去告你？

告个屁，这是老子该赚的钱。小子，这里面水深着呢，你多学着点。

这时，又一对男女下楼，待女人径自走远后，男人前来退房。老肥瞥了瞥身后的时钟，声音瞌睡般慵懒，说，一个半小时，40元，"小雨伞"两把，100元，一起140。

男人掏出钱包，说，开张发票，连上次的一起写上。

老肥一边开发票，一边四下里瞅了瞅，压低声音说，又换新的了？这个比上次那个水灵呢，大哥，好眼光。

男人笑笑，扔下钱，得意地哼着歌走了。

我站在一旁傻眼了。我说，他们蠢啊！你卖这么贵，他们为什么非要用你的"小雨伞"？

老肥又打量了我一眼，嘴撇了撇，肥嘟嘟的脸上似笑非笑，说——

男人和女人这码子事儿,要趁热打铁,隔夜了,女人回家一清醒,男人前面的努力就白搭了。所以,男人一番甜言蜜语把女人灌迷糊后,得赶紧来我这里报到。你瞅瞅,这广场周边除了我这儿还有第二家吗?我这是独家买卖,还便宜。他们进房后,男人得继续下点功夫,哄得女人心花怒放。女人半推半就之余,会不放心地盯着男人问干不干净,怀孕了咋办。此时,我摆在床头的"小雨伞"就派上了用场,既解了男人的围,又宽了女人的心。男人哪有心思去注意上面的价格。再说了,就是注意了,又能咋的?总不能在女人脱了裤子后非常丢面子地说,这里的套套太贵了,你耐心等等,我出去买一个。男人只能吃哑巴亏。

你说啥?他们自己准备套子?切,他们就是准备了,也不敢往外掏呀。你想,男人掏出套子,女人会怎么看?原来这是个花心少爷,随身备着套子。女人肯定会提上裤子立马走人。同样的道理,女人即使包里有套子,也不会傻到贡献出来。否则男人会想,刚才还装良家妇女,原来折腾了半天,是个做鸡的。男人下面肯定熄火。至于你说告我,哈哈,偷情的事儿,谁敢去告!老子没告他们就算是积德……

一盏豪华的吊灯下,老肥嘟哝着个肥嘴,像他身后时钟上的秒针永不疲倦地跳动着。我顿时醍醐灌顶,感觉一下子胜读十年书,脑袋唰地开窍了。

两个月后,在旅馆的管理和运作方面,我算是勉强毕业了。我和老肥商定合伙去城西春山脚下开一家分店,由我来负责打理。商定好了,便回老家凑钱。

半个月后,钱凑得差不多了,我正准备启程上春城,突然接到老肥的电话。老肥说,你先别来了,我这儿出了人命,被查封了。

我吃惊地问,好好的,怎么会出人命?

老肥在电话那头恶狠狠地骂道,都是那两个山牯佬害的!前几天,一对山里来的年轻人来开房。你猜怎么的,他们两人服毒自杀了。警方一调查,才知道这对山里人在家自由恋爱,遭到父母的强烈反对,于是私奔到了春城,在我这里双双殉情了。

啊?

更离谱的是,他们死时衣服整整齐齐,女方还是个黄花闺女!

我不由惊叹,娘哎,太不可思议了!

原来你也在这里

爱是天时地利的迷信，噢，原来你也在这里。

——刘若英《原来你也在这里》

张爱玲有一篇散文《爱》，短，却写得好，说有个女孩十五六岁，生得美，春天的晚上，穿一件月白色衫子，手扶桃花。有个对面住的年轻人，从未打过招呼的，走过来，轻轻说一声："噢，你也在这里吗？"彼此也没再说什么，站了一会儿，各自走开。后来女孩历尽人生劫数，到老了还记得这一个瞬间，记得那春夜，记得那桃花，还有那年轻人。

他读这篇文章时，正在周庄。妻子单位上组织旅游，他作为家属也一块来了。周庄的夜，静谧，温润，他百无聊赖，斜靠在客栈的床上，翻阅一本随身带来的散文选集。隔壁，妻子和几个同事吆喝喧天，麻将洗得哗哗地响。

张爱玲在文末大发感叹——于千万人之中遇见你所遇见的人，于千万年之中，时间的无涯的荒野里，没有早一步，也没有晚一步，刚巧赶上了，那也没有别的话可说，唯有轻轻地问一声："噢，你也在这里吗？"——这感叹，一字一句，于此时，于此地，也是没有早一步，没有晚一步，刚巧赶上了他的心绪，让他不动容伤怀，唏嘘不已。他推开窗，默默地吸烟，想起了诸多往事。窗外，月色溶溶，湖面如镜，薄雾氤氲里，有船家摇橹，梦境一样缓缓驶过。

他突然想出去走走。

从客栈出来,沿着河边的青石板路,晃晃悠悠,信步朝灯光稠密的前方走去。街巷深处,麻石青幽,人声隐隐。他的影子,在地上忽长忽短,童谣一样跳跃在黑瓦檐角下。半个多世纪过去了,同样是春夜,同样是桃花盛开,在这远离都市喧嚣的水乡古镇,会有那穿月白色衫子手扶桃花的女子吗?还有那轻轻一声问候。

身边偶尔有行人经过,稀疏,却俪影双双。他转悠了一会儿,发现前面有一个背旅行包的女子踽踽独行,没有手扶桃花,却一袭白裙,月白色,在月光下一晃一晃。他犹豫了一阵,撵了上去,冲着那背影轻轻说一声:"噢,你也在这里吗?"

对方肩膀抖了一下,停住脚步回头看了看他,咧开嘴笑着问:"大叔,你要想清楚哦,泡我很贵的!"

他异常窘迫,尤其是看到对方嘴里亮晃晃的钢丝牙套,惊悚得什么都来不及想,扭头飞也似的逃跑了。我怎么能找90后呢,小屁孩,天天沉迷网游,哪里会读张爱玲呀。他似乎不死心,总结经验教训后,继续他的寻找。

前方灯火通明,隐隐传来丝竹管弦之声,还有绮丽悠长的昆曲唱腔,咿咿呀呀,让他兴奋不已。原来是古戏台难见的夜场。台下围了不少人,大多在忙着拍照合影,闹闹嚷嚷,全然不顾台上的悲欢离合。他听不懂吴侬软语,但还是静静地站在那里,感受着荡气回肠的爱情故事。前面一个穿白衣衫的女子,引起了他的注意。那女子身段曼妙,长发飘飘,非常专注的神情,促使他再一次鼓起勇气,在她身后轻轻说一声:"噢,你也在这里吗?"

这次,逃跑的不是他,而是对方。那女子惊得猛一回头,连看都没看他,拔腿就跑。他正纳闷呢,前面一个老一点的女人攥着裤兜惊呼:"我的包,我的钱包!"然后扬头四下里张望,发现白衣女子遁逃的身影,忙追了上去,一边追一边高喊:"抓小偷,前面那个是小偷!"

台下顿时也成了一台戏。

这样的结局,让他深感无奈。我怎么会如此荒唐,三十而立了,还在为一篇文章在现实生活里对号入座。他的心里无比懊悔,禁不住喃喃自语。

如果不是和张爱玲笔下几乎一模一样的场景,他也许早死心了。只是,那桃花,那月白色衫子,在他认为没有早一步,也没有晚一步的时候刚巧出现,他实在是无法抑制内心的狂喜,上演了今晚的第三次荒唐。

那是在街拐角,几个人刚从乌篷船上下来,一个穿月白色衫子的背影,长发披肩,率先站在岸边的码头上,手扶一株桃树,于朵朵粉红之下,示意同伴给其拍照。就在闪光灯一闪之时,他刚巧拐过街角,没有早一步,也没有晚一步,像上天恩赐一样撞见了。他感觉血直往脑门上涌,几乎连想都没想,大跨步奔了过去,在人家身后拍了拍肩,轻轻说一声:"噢,你也在这里吗?"对方愣了一下,一回头,面对面地上下打量他,狐疑地问:"我认识你吗?"就那一瞬间,他跳河的心都有了。他几乎是慌不择路,扭头就走,脚步凌乱——那长相,那声音,分明是一纯爷们。

他疾步走了几十米,看见三毛茶楼,像遇到大救星一样闪了进去。他擦了擦满头大汗,惊魂未定地坐下,就着一杯阿婆茶和一份茶点拼盘,遥望窗外,让心绪慢慢安定下来。他感觉到了现实生活无情的嘲弄。一个有妇之夫,独自溜达在这春江花月

夜的周庄,意欲何为?艳一场天亮说再见的遇?好像不是这么浮皮潦草。重温曾经人海中彼此的相望?似乎也没有那么纯洁。那么,你究竟想干什么呢?他,虚弱如泥,靠在二楼临窗的椅子上,痛苦地问自己。

就在这时,身后传来一个声音:"噢,原来你也在这里!"他心中蓦然一动,惊喜地回头去看,只见妻子领着她的那些牌友笑声朗朗,一边冲他打招呼,一边迈着猫步性感地走来。

曲终人散

你最后一身红,残留在我眼中。

——张宇《曲终人散》

婚宴大厅里人头攒动,觥筹交错,小马开始了他的第一首歌——《月亮可以代表我的心》。原本的歌单里是《月亮代表我的心》,有邓丽君的甜腻版,也有齐秦的深情版。可是今天,小马把它换了。

小马是个跑场的歌手,哪里有活儿往哪里跑,歌厅、酒吧、夜总会,还有就是现在这种婚宴。小马唱歌,是为了给宾客助兴,增添一些热闹喜庆的气氛。为此,小马常对小梅说自己就是古代的戏子。小马每次说这话时,小梅总是摇头,摇得很慢,很坚定。可惜,小梅现在不摇头了。今天,小梅走了,跟有钱的张大炮走了。

"到底多爱你,到底多想你,窗外的人行道下过雨……"小马一边弹着吉他,一边学杨坤踮着脚尖,嘶哑的嗓音里,盛开着郁郁寡欢。在这个近千人的大厅里,没几个人会去认真欣赏他的歌声。大家都忙着相互敬酒寒暄,热烈地拥抱握手,相互夸张地说些桌面儿上的话。

小马唱完,站在后台的窗前抽烟。黄昏的雨,淅淅沥沥地飘了起来。

司仪刘哥递给小马一支烟,说:你刚才那歌不合适在这里唱。

小马怔了一下,听着大厅里响起了蔡依林的《明天你要嫁给我》,脸上便挤出一丝歉意:嗯,下一首我会注意。

刘哥笑笑,拍了拍小马的肩膀:兄弟,辛苦了。

又轮到小马上场了。小马深呼吸了一下,这次唱的是阿牛的《桃花朵朵开》,风趣诙谐:"暖暖的春风迎面吹,桃花朵朵开,枝头鸟儿成双对……"台下人声鼎沸,新郎新娘开始挨桌敬酒,每到一处,便爆发出一阵热烈的掌声和欢呼声。新娘真漂亮,一袭鲜艳的中式旗袍,身材窈窕,笑起来时,脸上挂两个浅浅的梨花酒窝,非常像小梅。小马最喜欢看小梅无声地笑,两个酒窝梨花般地在脸上一隐一现。一隐一现间,把小马看呆了。

想起小梅的小马,停止了自己的活蹦乱跳,站在原地,嘴巴随着音乐的节奏机械地一翕一张。新郎矮壮臃肿,头上有些谢顶,腆着个啤酒肚,挽着娇媚动人的新娘,和每一个宾客兴奋地握手拥抱,幸福地推杯换盏。小马心里不由火冒三丈,什么人啊,和张大炮一个德行,都是钱堆起来的,八十桌,四千元一桌……

巨大的落地玻璃窗外,天色阴沉,滔滔的江水,独自漫流向天际。

一曲完毕,按理小马该下了,他今天的任务只有两首歌。小马对即将走上台的刘哥摆了摆手,开始对着麦克风说话了。他们一般不说话的。小马春风满面地说:今天是新郎新娘美满的姻缘……我特意献上一首张宇的《曲终人散》。小马是说话而不是唱歌,让在场的很多人愣了一下。待大家明白是加场,便继续嘻嘻哈哈地碰杯,继续喝酒,大厅里瞬时又沸腾起来,以至于小马最后报的歌名,几乎没人听到。

"你让他用戒指把你套上的时候,我察觉到你脸上复杂的笑容。那原本该是我付与你的承诺,现在我只能隐身热闹中……"小马哭丧一般的吼叫,在大厅里迅速蔓延开来。

很多人似乎感觉到了不对劲,慢慢放下手中的酒杯,掐断嘴里的话,吃惊地看着小马。少部分人开始并不明白怎么回事,只是感觉空气中流动着一种阴鸷和怪异,见旁边的人神情大变,也安静了下来。这种安静像海水退潮一般迅猛,刚才还喧嚣轰鸣的大厅顿时变得鸦雀无声,充溢曲终人散的悲剧意味。

刘哥的脸气成了猪肝色。一些新郎的死党想冲上去制止小马,又担心自己的行为会出力不讨好。新郎满脸的笑僵住了,枯立在大厅中央,像一截树桩。

空气顿时凝固。小马像只受伤的动物,依然在台上呜咽:"你最后一身红,残留在我眼中,我没有再依恋的借口。原来这就是曲终人散的寂寞……"

新娘正端着高脚酒杯,款款行走在红地毯上,听到歌声,怔在那里。半天,瘦削的双肩抖了几下,缓缓回头看了一眼台上的小马,眼里满是泪水。

附：夏阳的音乐小小说
文/肖晨

过去，我的"聊友"有两类，一类是写文字的，一类是搞音乐的。现在，有一个人和我聊文字也聊音乐，这个人叫夏阳。

夏阳，起初只与小小说有关，后来，他与音乐进入了我的世界。

我以制作歌曲的伴奏和在酒吧唱歌生存，写歌也是我每天要做的事情。然而，与音乐人聊音乐很少聊到半夜，与写小小说的夏阳，却会聊到凌晨四点多，想想，都觉得奇怪。

和夏阳第一次聊音乐，应该是缘于我的约稿，因为我主编的书正好是流行歌曲同名小说，而夏阳有一个系列小小说是音乐体的。

夏阳的音乐小小说系列有《马不停蹄的忧伤》《好大一棵树》《囚鸟》《吻别》《被遗忘的时光》等数十篇。未读这些作品之前，我以为夏阳会像我写《流行歌曲同名系列》一样，用这些经典老歌的曲名作题目，小小说的情节围绕着歌词展开，读后才知道不是这样。他的这个系列中的每一篇作品，都是将歌曲的旋律、节奏、曲式等融合在小小说里的。

以《念亲恩》《漂洋过海来看你》《灰姑娘》《囚鸟》《幸福可望不可即》《城里的月光》《寂寞在唱歌》《十年》《那些花儿》《曲终人散》为例，我用音乐的方式谈谈夏阳的音乐小小说——

一、夏阳音乐小小说的"旋律线"

夏阳的音乐小说,我能从中看到节奏、节拍和时值。而剔去节奏、节拍和时值,将夏阳的音乐小说展开,我能清楚地看到旋律的线条。这条能看得见的线,我称它为"旋律线"。

夏阳的音乐小说的旋律线是斜向进行的,斜向进行的时候,夏阳不是直接进行,而是运用跳进的方式将旋律展开。跳进,夏阳用了"上行"这种方式:

《幸福可望不可即》写秋娘幸福机会的来临。作品从开头就开始以斜向进行的方式展开旋律:"秋娘的幸福机会来临——其实事情不是这样的,那是秋娘看着山牛吃面时的瞬间想象而已;秋娘的幸福机会又一次来临——其实事情也不是这样的,这是秋娘看着山牛吃面时的另一种想象而已——秋娘一屁股坐在椅子上,虚弱地喘着气,怔怔地望着山牛远去的背影"……这几个转折用上行跳进的方式,效果具有推进性,跳跃度数很大,其推进十分强烈。

《那些花儿》以小节的形式斜向进行,其旋律线起伏更大,情绪表达因错位交织而显得深沉——那些女人如同一个个钢琴上的琴键,轻轻一按,就有响声。

二、夏阳音乐小小说的"节奏型"

如果说斜向进行的旋律线是夏阳音乐小小说的灵魂,那么附点节奏就是夏阳音乐小小说的躯壳。

附点节奏在夏阳音乐小说中占了很大的比例,《念亲恩》的特点特别鲜明。《念亲恩》是陈百强的歌曲,这首歌用的是弱起节奏,而夏阳写成小说,为了使文字更具有动感,他将节奏写成了附点节奏,有一种拖曳的感觉,读来有强烈的摇摆感。"我是谁?谁是我?我为什么会是我?"作品的开头,节奏就以附点的形式"X.XX……"进行,作品整体框架就是以这个节奏贯穿全文的。

在这篇《念亲恩》中,夏阳以这个节奏贯穿全文,舒缓中具有不平稳的特点,使其产生一种与平稳相抗的效果,这样的效果,与作者的颠覆写法相吻合,从而在悲壮中歌颂母亲。母亲值得歌颂,因为她不是软弱,而是为了结婚十年未孕的小家庭的和美忍气吞声。坚强的母亲与假强硬的父亲在"我"的脑海中形成鲜明的印象,是"我"最后懂得了珍惜剩下的亲情的最大原因。爹复杂的心态,娘痛苦的忍受,在附点节奏中表现出很逼真的艺术形象。

三、夏阳音乐小小说的"调式"

纵观夏阳的音乐小小说,其"大小调式混合"的特征十分明显。

在音乐中,大调式明亮的色彩,适合表达轻快、励志等主题,音乐形象比较大气;小调式具有柔和的色彩,适于表达含蓄、沉着、浪漫等主题。夏阳将大调式明亮的色彩与小调式柔和的色彩一起混合运用,其原因主要还是因为音乐小小说首先是小说,其次才是音乐。作曲家也有这样混合运用大小调式的,大小调式的混合运用,在小说中色彩更加浓烈。

大小调式的混合运用中,夏阳主要采用了以下方式:

1.运用和声小调

夏阳的音乐小小说,有一定的忧郁性和浪漫性,主要就是用了和声小调。

《十年》就因为用了和声小调,其忧郁与浪漫的气质,就凸显出来了——

"十年之前,为生计所迫,我成为广州街边的一个算命先生。算命这碗饭并不好吃,老婆的脸色又不好看,可以想象我的处境。",忧郁的气质,可见一斑。而"我在夜市上买了几本错别字连篇的周易八卦,躲在租来的楼梯间里瞎琢磨。琢磨了一段日子后,弄了一套奇装异服,花花绿绿的,成了一个'世外高人'",浪漫色彩,在这里开始出现。之后,忧郁与浪漫一直交替出现,直到结尾。这样的写法,是不是很多人都能做到呢?我和几位音乐人读这篇小小说后讨论得出结论:和声小调不是写小小说的人都可以把握的,忧郁与浪漫必须有个适当的"度",整体上才不会失衡。更多的作家只能将忧郁和浪漫分开来进行到底,所以,要他们写音乐体小小说,估计无法将大小调式混合运用。

2.运用调试外音

在夏阳的音乐小小说中,经常看到"变化音",这个"变化音"并非包含在整体叙述中,它不是时常出现,只是在某个地方偶尔经过;或者出现的次数较多,但多为过渡语。这种"变化音",我称它为"调式外音"。其主要有三大作用:情景点缀、形成个性、有画面感。比如:

《寂寞在唱歌》:"春城,一江波光潋滟的春水,于城中穿过";"夜幕下,老肥的'春水流客栈'的霓虹灯分外晃眼";"他们死时衣服整整齐齐,女方还是个黄花闺女"。这三个调式外音,是情景的点缀。

《幸福可望不可即》:"是秋娘看着山牛吃面时的瞬间想象而已";"这是秋娘看着山牛吃面时的另一种想象而已";"秋娘怔怔地望着山牛远去的背影"。这三个调式外音,形成个性,使作品层次分明。

调式外音在夏阳的音乐小小说中随处可见,小到一个句子,大到一个独立的自然段。这种调式外音的运用,能使不懂音乐的人读出小小说的好来;使懂音乐的人读出妙来;使研读的人拍案叫绝。

四、夏阳音乐小小说的"调性"

在夏阳的音乐小说中,夏阳习惯用调性的转换来实现情绪的变化。夏阳音乐小说的调性转换有三种类型:

1.转调

《幸福可望不可即》中,由原调(秋娘幸福机会来临)转到另一个新调(其实事情不是这样的)上,并在新调上有所发展,且形成终止式(这里是半终止),然后又一次做转调处理,再次转到另一个新调(其实事情也不是这样的)上,再次有所发展,并且形成终止式(这里依然是半终止),最后回落到原调(秋娘从想象中跌落在现实里)上。

《幸福可望不可即》中转调的变化性和过渡性,给人一种新鲜感,其艺术形象有着突出的色彩。

2.离调

《曲终人散》中,夏阳运用离调的方式,写小马在别人的婚礼上唱不适宜的歌曲,其手法,没有作调性的巩固和发展,只是短暂的过渡(小马是说话而不是唱歌;婚宴上很多人放下了酒杯)后立即回到原调(小马唱歌),所以读起来感觉既有调性色彩的变化,又保持了一定的统一性,从而,文中矛盾激化和斗争的结果(新娘满眼是泪)得到了升华,使主题有了意义;同时,也使全文具有了张力和层次感。

五、夏阳音乐小小说的"素材及发展手法"

对很多小小说作家来说，素材的来源实际上就是灵感的来源，平时所看的电影，所经历的事，以及所接触的事物都可能成为创作的素材来源。因此，在创作中，很多小小说作家一般是根据人物形象的先期构象及所看、所思、所接触的事物提取素材的。夏阳的音乐小小说，则根据音乐形象确立素材，说简单一点，就是分析歌词、曲名、旋律的内在含义，不同的情绪采用不同的素材，以原音乐为伴奏，写出的小小说。如《念亲恩》比较抒情，夏阳写出来，节奏就比较舒缓；《幸福可望不可即》是郑钧的摇滚歌曲，夏阳写出来，节奏就比较短促，读来有一种狂乱的感觉。就像夏阳本人所说的那样："用音乐点燃小小说，用小小说诠释音乐。"

分析歌词、曲名、旋律后，素材有了，要发展素材，首先要确立一个主题素材，毕竟音乐小小说的素材不是来源于直接的灵感。在夏阳的音乐小小说中，我可以看见，他总是在寻找符合作品主题的细胞，并使这个细胞良好地成长。在细胞的成长过程中，夏阳善于对其进行精心的呵护，这个呵护的过程就是夏阳音乐小小说素材的发展过程，发展好的，作品最后成功，发展不好的，也许就半途夭折或者成为次品。夏阳音乐小小说的素材发展，常用以下几种手法：

1. 重复

在小小说创作中，刘国芳先生将重复的技法运用得出神入化，很多小小说作家也喜欢用重复这一技法。的确，重复是最简单又有效的素材发展手法之一，既省笔墨又能加深印象，就像一位艺术家所说："重复就是力量。"

我觉得，音乐小小说更需要重复的技法。很多作家认为重复

没有太高的技术含量,其实不然,如果重复运用得当,效果就十分显著。

如果说刘国芳先生的小小说是复制式的乐段(情节)重复,那么,夏阳的音乐小小说和刘国芳先生的不同之处就是,前者重复乐段易于记忆,后者重复乐句(自然段),加深节奏感,传达情绪。

夏阳的音乐小小说运用"重复"发展素材的比较多,这里不一一举例。

2.模仿

模仿是指以题目或者一个句子为原型,将它的内在含义或者节奏等移动到作品的每一层的开端,让它们做到承上启下的效果;它们基本相同,只是每一次反复,在情绪上出现一些微小的变化,这种"变奏"式的重复既有对比,又有统一,是一种较为理想的重复手法。

《幸福可望不可即》就是用这一手法,其中心思想在情节的发展中,一直朝一个方向前进。

六、夏阳音乐小小说的"高潮及发展手法"

蚂蚁小说和小小说,基本上都有一个明显的高潮点,在小小说中,以两三个自然段作为高潮的较为多见,而短篇小说、中篇小说的高潮则不太明显。夏阳的音乐小小说,大篇幅的高潮是一个特点,这也许因为它是音乐小小说的缘故。如:

1.节奏对比

《十年》和《囚鸟》,夏阳在前半部分(可以看作是主歌部分)运用的是四分带附点的节奏,而后半部分(可以看作是副歌部分)突然插入少部分十六分节奏,当我们习惯了前半部分的舒缓后,突然在后半部分感到节奏的变化,对比性十分强烈,从而使后半部分形成高潮。其中,"前密后疏"和"前弱后强"的感觉,像风突然吹来的雨点,让人焦急中有难忘的兴奋。

2.速度对比

小小说的叙述速度,很多人会误以为是语言节奏。小小说中的速度与音乐中的速度是一样的,速度是决定情绪的关键。夏阳的音乐小小说,也从叙述速度中通过对比,到达高潮点。如《城里的月光》,前三分之一是慢速,三分之二处转入快速,最后部分再转入慢速,紧张度形成了高潮后,回落到原点,这样的效果十分显著。

关于夏阳的音乐小小说,《百花园》杂志的副主编秦俑先生说可以看作是"夏氏标签"或"个性名片",我更期待,在未来的中国小小说界,音乐体小小说能成为夏阳的品牌。

2010 年 9 月 22 日于福建泉州

(肖晨:1984 年出生于贵州省毕节市,音乐创作人、通俗歌手、小小说作家。歌曲代表作有《酒吧叙事体》《不可以》《大雁》等,小小说代表作有《萌动的绿》《走错门》《望乡》等,荣获中国首届汉语金蚂蚁奖金奖、"原创 2008"全国小小说邀请赛二等奖、中国首届小小说擂台赛二等奖等奖项,出版著作《南来北往的客》等)

后　记
关于音乐小小说的思考

1

小小说是一条美食街。

精彩纷呈间，佳肴美馔琳琅满目，胡记的羊杂汤独步天下，武小郎的葱油饼酥嫩可口，东施的臭豆腐十里飘香，如云的食客，可以说是人人心中有数。他们只认店名只认招牌，别无他家可以替代。这就是品牌的力量。

小小说亦是如此，一个作家经过多年对某一领域不懈地追求和探索，对其进行了占领，让自己的名字镌刻上了某种印记。蔡楠的新时期白洋淀、申平的动物小小说、孙方友的陈州笔记、滕刚的词牌名系列、邓洪卫的三国人物等等，均在小小说发展史上书写了浓墨重彩的一笔。

一个优秀的作者，也许靠一两篇惊世之作可独占一隅；而一个成熟的作家，则是因某些集束性的作品群而占领了一片山头，形成了自己的王国。所以，鉴于小小说文体简短的特点，夏阳认为一个作家想要证明自己曾经来过，想要在小小说的大地上留下难以湮灭的足迹，就必须占领一片山头，建立自己的王国，在某一领域独领风骚，甚至独步天下。你写村主任贪污，我写镇长受贿，如此人云亦云，作品纵然再好，也是啃别人嚼过的馒头，在数以万计的小小说作品里面,别奢谈三五载,有时一两个月就灰飞烟灭。

一个作家,其作品没有生命力没有寿年期,是可怕的。

2

如何打造自己的小小说王国?

近年来,我一直像上帝一样愁眉苦脸,对这个问题作苦苦地思考。

奇思妙想顿涌时,我有过众多的创意:比如将一堆故事搬到一个地方,或村或镇或州;比如将所有故事集中在一个人身上,或张三或陈七或阿六;比如让一个性格特殊的人故事纷呈,或精神病或变态狂或守财奴;甚至一个家族一个单位一家报社一处妓院一个甲子年一份族谱,说到底就是找一个媒介,类似小小说里的道具,然后或纵深或横向,将众多人物以及他们的情感付诸笔下,或聚一地或聚一人或聚一时或聚一线。这些我都思考过。

随着研读的深入,诸多沾沾自喜,瞬间化为泡影。我沮丧地发现,很多领域都已经被人占领了,留给我这样后来者,其开拓空间非常狭小。

有一天,偶然情况下,我发现了音乐,发现了这方小小说领域的空白地带。

3

语言是美妙的音符。这句常被人唠叨的话,一旦揣摩,会发现韵味无穷:在音乐家眼里,一篇优秀的文字,就是由美妙音符所组成的乐谱。同样,周末坐在音乐厅里的作家,耳朵里所能捕捉到的,我相信就是盈满质感的飞扬文字。

艺术的门类是相通的。

在文学作品里,有缓慢的叙述,有细致的描写,有急促的停顿,有懒散的闲笔,有感情反复的积蓄,有高潮来临的伏笔,有耐人寻味的结尾。这些元素,在音乐作品里也可以找到:前奏,慢板,间奏,附点,快板,拖曳,尾音。对于风格而言,文学和音乐,均充满了激越、雄浑、狂野、大气、魔幻、舒缓、轻柔、清新、哀伤等色彩。

再考究下去,会发现文学与音乐有惊人的相似。

小说和交响史诗、散文和乡村民谣、诗歌和爵士乐、杂文和摇滚,一一对应起来,其表现手法完全一致,或疏密有间,或和谐统一,或凌乱之美,或空余留白。紧凑处似风雨交加,疏离处如千帆竞发。宏大处似惊涛拍岸,细微处如春蚕嚼叶。辽远处似野马驰原,近切处如山泉低语。高急处似雏凤啼鸣,低回处如游龙戏水。

小小说创作,如果渗进音乐元素,有意识地按照其旋律和节拍,用文字语言来讲述一个和音乐主题相吻合的故事,按照音乐作品的标准来创作,我想小小说的意境和主题一定会更丰富和饱满。

这种文体探索,小小说界从未有过。

我把它命名为音乐小小说。

音乐小小说,首先是小小说,也就是说,要让不懂音乐的人读了叫好。其次,要让懂音乐或者听过该音乐的人,读了叫妙。最后,要让研读者,伴随音乐,读了拍案叫绝。这是我对音乐小小说的定义,也算是音乐小小说的至高境界。

音乐小小说,不仅是小小说,还是音乐,这是一种极限的高难度的折腾。就好像跑步,人家是轻装上阵,甚至裸奔,而你偏要扛上沙包或绑着沙袋自我加压。让人窃喜的是，小小说创作是一项讲究过程（质量）而不是追求结果（数量）的运动，如此比赛，也许是人家先冲到终点，但背负沙包或沙袋，说不定姿势会更和谐优美（语言与叙述），脚印会更踏实深厚（主题与立意）。

4

　　在思考这些问题时，我注意到了一个有趣的现象。很多作者喜欢用流行歌曲的歌名作为小小说的标题，比如众多版本的《香水有毒》和《城里的月光》。细细阅读了这些作品，发现仅仅是借了一个标题而已，或者最多是文中引用了几句歌词，和母本——该音乐作品没有任何实质性的联系。

　　还有，就是个别小小说前辈一些无意识的创作，让我开悟了不少。比如王奎山的《在田野上到处游荡》，其作品背景、旋律、叙述节奏和肯尼基的萨克斯名曲《望春风》非常吻合；阿成《夜话》的后半部分，其语言的舒缓、意境的营造和情感的沉淀，和贝多芬的《月光奏鸣曲》有惊人的相似；修祥明的《河边女子》，里面的时间、背景、艺术性的语言和穿插性叙述技巧，简直就是在"抄袭"詹姆斯的《天堂鸟》音乐专辑；陈毓的《看星星的人》，其作品背景、主题和道具，和郑钧的《流星》如出一辙，而郑钧的《流星》，则是翻唱 Coldplay 乐队的《Yellow》。

　　有了这些基石，我便对自己的音乐小小说充满了信心。

5

　　小小说，是一门具备故事情节、作品立意、语言特色、叙述技巧、写作热情和阅读快感的文字艺术。

　　鉴于这些特点，再加上我个人的创作风格，我选择了通俗易

懂的大众耳熟能详的流行歌曲，但它们必须情感醇厚，耐听耐嚼，偏向摇滚叙事风格，同时具有强烈的社会责任感和个人孤独感。

经过一段时间的研究，我列出了一张长长的清单：郑钧的全部歌曲，张楚、周云蓬、黄舒骏、哈狗帮、李志、赵雷、宋冬野的大部分歌曲，汪峰、罗大佑、李宗盛、单行道、张宇、张镐哲、朴树、许巍、朱哲琴、许茹芸、张悬等人的部分歌曲，俫俫、小娟、李度、许美静、宝罗、小柯、李健等人的单曲。还有一些民族管弦乐，三宝、鲍比达、谭盾的配乐作品，非洲黑人打击音乐和一些大型交响乐。

但是，我不识乐谱。

帕瓦罗蒂也像张飞一样不认识这群墨黑的蝌蚪。

我出生于贫困的乡村，从小别说钢琴，二十岁以前连电话都不知怎么打，一直穿着家里自制的土布衣，夹杂在一大堆城镇学生中鹤立鸡群。

这丝毫不影响我对音乐的理解。一般的交响乐管弦乐，我完全可以听懂里面的叙述和描绘，明白小号和铜管所表达的场景，理解大提琴所倾诉的情感。

我有一个习惯，就是长期听一首音乐，有时长达数月，一直听到受不了，心里想说话想呐喊，于是开始写小小说，用积蓄已久的情感融化在一个故事里。我对作品的旋律、叙述节奏和主题已经了然于胸，故此笔下的文字能够不知不觉代替音符。其时，G大调渐行渐近，慢板——间奏——快板，诸多人生的悲喜疼痛在笔端汹涌奔腾。

为了引领读者，我精心摘选了一两句歌词（也是该小小说的沸点）作为题记，放在文章的开始部分。如此，断断续续写了一批作品，2014年在《小小说选刊》杂志开设个人专栏"时光翻唱"，其中最满意的有《好大一棵树》《寂寞先生》《像艳遇一样忧伤》《新鸳鸯蝴蝶梦》和《幸福可望不可即》。

还有一些作品，虽然不是严格意义上的音乐小小说，但是依然借鉴了一些音乐元素，比如《捕鱼者说》借鉴民歌《月光下的凤尾竹》和埙曲《江月初照人》，《捕鱼者说》上半部分是《月光下的凤尾竹》的轻快婀娜摇曳，下半部分是《江月初照人》的感伤幽怨悲悯，其上下两部分相对于两首曲子，其意境和韵律完全一致；比如《寻找花木兰》的立意和灵感，则来自郑钧的《OLDBOY》；比如《漂白》里的反思，则是因郑钧《门》里面颠覆性的观念而触发的。

在小小说界写音乐小小说，是寂寞孤独的，因为毕竟懂音乐的人少，而真正能够从音乐的层面去解读小小说的读者，则更少。但是，将音乐小小说打造成夏阳在小小说领域的一个品牌，一张名片，是我不断追求的梦想。它的推介语是——用音乐点燃小小说，用小小说诠释音乐。

2016年12月27日于夏阳文学工作室